He soñado que bailaba descalza

OLIVIA ZEITLINE

He soñado que bailaba descalza

Traducción de
Palmira Feixas

Grijalbo narrativa

Papel certificado por el Forest Stewardship Council®

Título original: *Et j'ai dansé pieds nus dans ma tête*
Primera edición: mayo de 2018

© 2017, Solar, un departamento de Place des Éditeurs
© 2018, Penguin Random House Grupo Editorial, S. A. U.
Travessera de Gràcia, 47-49. 08021 Barcelona
© 2018, Palmira Feixas, por la traducción

Printed in Spain – Impreso en España

ISBN: 978-84-253-5646-9
Depósito legal: B-5.683-2018

Compuesto en Revertext, S. L.

Impreso en Black Print CPI Ibérica
Sant Andreu de la Barca (Barcelona)

GR 5 6 4 6 9

Penguin
Random House
Grupo Editorial

Todas las mañanas Charlotte llega a la misma hora. El ambiente del vestíbulo es aséptico. Sus tacones resuenan en el suelo recién fregado. El olor de los productos de limpieza todavía flota en el aire. Como todas las mañanas, han limpiado de madrugada, antes de que lleguen los empleados. Todo debe estar pulcro, todo debe relucir. Es fundamental inspirar confianza. Con un trapo, han sacado brillo a las pantallas de los ordenadores y han limpiado las torres con detergente. Las paredes de su despacho son tan blancas que, al entrar, por un instante la ciegan. Como todas las mañanas, se sienta en su silla de plexiglás. A su alrededor, todo está en orden: ni un papel fuera de sitio, ni un solo objeto personal; los empleados tienen órdenes de no dejar nada encima de las mesas lacadas. El incesante ruido del tráfico le recuerda que la oficina se encuentra muy cerca del bulevar periférico. Charlotte, que es jefa de proyecto junior, debe conformarse con un despacho que da al norte. Un espacio pequeño, oscuro, de techo bajo. El director de marketing entra sin llamar a la puerta; no se molesta en darle los buenos días.

—¿Tienes el dossier preparado? El cliente ya está abajo. Ha llegado antes de la hora.

—Buenos días, Julien. Sí, sí, todo está preparado.

—Déjalo en mi mesa y ven a la sala de reuniones a y media.

Las páginas del dossier están desordenadas. Todo se entremezcla en la cabeza de Charlotte. Lleva cuarenta y ocho horas vomitando tablas de Excel. De hecho, está mareada. Va volando al servicio. Ya no puede soportarlo más, pero no se va a derrumbar. Lo conseguirá, es fuerte, siempre ha sabido sobreponerse a cualquier circunstancia. Se lo repite frente al espejo del lavabo. Charlotte siempre ha querido tenerlo todo controlado. A pesar de su angustia y de sus sudores fríos, jamás muestra su malestar. Siempre lo hace lo mejor posible, para ganarse mejor la vida, para disfrutar de una mayor seguridad. Una presión permanente en esa mecánica social bien engrasada hecha de sonrisas falsas, vasitos de plástico de café frío, compras en el súper y bolsos de piel rebajados. Desde hace algunos meses la memoria le juega malas pasadas. No logra concentrarse y a veces no entiende lo que le dicen sus colegas. Entonces finge. Asiente con la cabeza sin decir palabra. Empieza a tener miedo de sí misma, miedo de esa sombra que rechaza pero que al mismo tiempo la atrae. No puede arriesgarse a pedir ayuda. No está dispuesta a que le digan que no está bien. Tiene que aguantar. Algún día se encontrará mejor, algún día podrá descansar. La puerta de su despacho se abre de nuevo.

—Charlotte, ¿qué coño haces? ¡El dossier! ¿Has impreso los números, al menos?

Esta mañana, por primera vez, no consigue contenerse.

—Estoy harta de que entres en mi despacho sin llamar a la puerta. Parece que lo hagas adrede. Pues sí, he impreso los números, está todo preparado. ¡Toma!

Con un gesto brusco, Charlotte entrega el dossier a su superior jerárquico.

Al cabo de unos minutos, se reúne con él en la sala de juntas. La tensión es palpable. Aunque ninguno de los dos exprese abiertamente su rencor hacia el otro, el silencio pesa como una losa. El cliente se agita en su silla mientras va dando golpecitos en el suelo con un pie. Su asistente hace rechinar la pluma sobre el bloc *de notas. En la cabeza de Charlotte se amplifican todos los ruidos. Le toca hablar a ella. Intenta hablar fuerte, pero no entiende lo que dice, lo confunde todo. De repente deja de hablar. Se ha quedado en blanco, lo que tanto temía. Se hunde. Se pone blanca. Va a vomitar. Pierde el sentido. Quiere bailar un vals. Flota, mecida por el viento. Sus brazos se convierten en hojas que echan a volar; todo su cuerpo se vuelve una corriente de aire. Un soplo la arrastra suavemente, muy suavemente. Su cabeza gira sobre sus hombros mientras arquea la pelvis. El corazón se le acelera al ritmo de las pulsaciones de la tierra, como si se le derramara toda la sangre de las arterias. Charlotte se encuentra en la espesura de un bosque. Se pone a aullar como una loba hambrienta. Está descalza en el fango, pisoteando el suelo. Salpica la vegetación a su alrededor. En la planta de los pies le crecen unas raíces que la unen al centro de la tierra. De su cráneo surgen unos rayos luminosos que ascienden por el espacio. Está ligada al infinito, es una goma elástica fuera del tiempo, una onda en el país de los sueños. Baila en trance ante una multitud vociferante. Ya no oye nada, se ha entregado de lleno a su arte. Todas las miradas convergen en ella. Se alza en el centro del escenario, en el centro de su vida. Los gritos del público se vuelven más intensos. Algunos espectadores intentan agarrar-la. Ella se escapa con agilidad, se precipita a la veloci-dad de la luz. En una fracción de segundo se desplo-ma. El choque es brutal. Sus senos y sus brazos se estrellan contra la pared de la sala, devolviéndola a la realidad. Está empapada en sudor. Ha bailado en la sala de juntas delante de todo el mundo. Para demos-trar que maneja perfectamente la situación, el jefe de marketing le anuncia con frialdad:*

—Charlotte, acabas de sufrir un colapso nervioso. Ya llega la ambulancia.

Una frase de tono melódico,
como una cancioncilla.

1

Son casi las seis. Sigue sin recibir ningún mensaje de Tom. Charlotte apaga el móvil. Debe mostrarse fuerte. Guarda el teléfono en el bolso y entra en el centro de danza, en la rue de Paradis. Se dirige a la sala Pina Bausch, donde da su clase de danza contemporánea. Jeanne, una vieja amiga de la escuela de comercio, la espera delante de la puerta doble.

—¿Estás sola? —le pregunta Charlotte.

—Eso parece, a menos que esta tarde hayan decidido cambiarte la sala.

—No, Michaël me habría avisado. Es esta, seguro. ¿Théa aún no ha llegado?

Jeanne intenta ocultar su incomodidad.

—Acabo de hablar con ella por teléfono. No puede venir a la clase. Le han retrasado el casting. Pero me ha dicho que se apunta luego al restaurante.

Charlotte le responde con una sonrisa crispada.

—Pues hoy vas a ser mi única alumna.

—No sufras, cielo, estamos en noviembre, es normal. A la gente no le apetece salir después del trabajo. Pero tu clase es genial. Me encanta. Si alguna semana me la pierdo, luego me siento mal.

—En la última clase solo había tres alumnos. Y hoy solo has venido tú. Es duro, pero intento no perder la confianza.

—Eres una profesora fabulosa, Charlotte, lo sabes.

Los numerosos alumnos de la clase anterior salen empapados en sudor. Al ver el grupo alejándose por el pasillo que lleva a los vestuarios, Charlotte siente una punzada en el pecho. «¿Por qué la clase de jazz atrae a más gente que la mía?» Entra en la sala, seguida por Jeanne. Desenrolla las colchonetas en el suelo para la relajación final. El aire apesta a sudor. Ha traído varitas de incienso, que enciende en las cuatro esquinas de la sala. Desde que sufrió aquel colapso nervioso, tres años atrás, Charlotte ha cambiado de vida. Borró el marketing de su memoria. Retomó lo que siempre la había hecho vibrar: la danza. Tras dejar el trabajo, reanudó los entrenamientos diarios y los cursillos. Descubrió el arte de la improvisación en los parques en verano. Se entregó a la danza en cuerpo y alma. Gracias a una psicóloga a quien acudió, se aferró a la danza contemporánea, pese a las críticas de su madre: «¿Y cómo te vas a ganar la vida?». Charlotte no piensa darse por vencida. No ha recorrido todo este camino en vano. Jamás volverá a depender del Lexomil. Jamás volverá atrás. Quiere vivir de su pasión, de sus clases.

Mientras pone en marcha la lista de reproducción de su tableta, conectada a los altavoces, una mujer joven entra precipitadamente.

—La clase de jazz es aquí, ¿verdad?

—Sí, pero era la anterior. La clase de ahora es de danza contemporánea —explica Jeanne—. Pruébala, es genial, ya lo verás.

La mujer se deja convencer.

Charlotte trata de espantar las ideas negativas. Tiene que sobreponerse y dar lo mejor de sí misma, aunque solo sea para dos alumnas. Empieza la clase con una serie de calentamientos y de ejercicios de yoga antes de ponerse a bailar con música hip-hop. Invita a sus alumnas a tomar conciencia de su cuerpo por medio de unos juegos de mimo, y luego les pide que improvisen, que expresen su estado emocional. Termina la clase con una relajación con cantos tibetanos. Jeanne se ha dormido. La otra mujer está radiante, llena de energía. Le promete que regresará la semana siguiente. Antes de marcharse del centro, Charlotte va a ver a Michaël, el responsable. Le tiende los dos cupones de su clase.

—Hoy no has tenido mucha gente, Ricitos de Oro —constata Michaël desde detrás del mostrador.

—Ya, pero su clase es genial —replica Jeanne.

Michaël les ofrece una bebida *detox*: agua con limón y rodajas de pepino.

Charlotte hurga en su bolso en busca del talonario de cheques para pagar la sala.

—No te preocupes, por hoy está bien.

—¿Seguro?

—Estamos todos en el mismo barco, preciosa —dice Michaël con una sonrisa, guiñándole el ojo.

—Muchísimas gracias, Michaël. Eres un sol.

Una vez en la calle, Jeanne llama a su marido. Le pide que dé la cena a sus hijas. Por su parte, Charlotte enciende el móvil. Sigue sin recibir ningún mensaje de Tom. Ni uno solo. Y eso que le juró que daría señales de vida.

«Te prometo que te mandaré un montón de mensajes de amor.»

A Charlotte se le hace un nudo en el estómago.

—Ya está, Bernard se ocupa de las niñas. Ha refunfuñado un poco, pero se las arreglará. ¿Vamos?

Charlotte no se mueve. Está absorta en sus pensamientos.

—¿Qué te pasa? ¿Vienes? Théa ya debe de haber llegado.

Se encuentran con Théa en la puerta de Chez Jeannette. Lleva un abrigo largo y un vestido negro; las espera con un cigarrillo en la mano. De niña, Théa iba a clase de danza con Charlotte. Ahora es actriz.

El restaurante está abarrotado. Las chicas se abren camino a través del gentío apelotonado en la barra. Uno de los camareros reconoce a Charlotte. Le da dos besos.

—¿Todo bien? ¿Sois tres?

Coge una panera de hierro y las acompaña a una de las mesas del fondo. De las de formica roja. De las que tanto le gustan a Charlotte. Poco después les sirve tres mojitos. La abundante menta enmascara el sabor del ron. Charlotte no se acaba el suyo. Tom acapara todos sus pensamientos. No consigue participar en la conversación.

—¿Sabes qué? Me han dado unos días libres.

—¡Fantástico! Tus hijas se van a alegrar, Jeanne.

—¿Y tú qué tal? ¿Cómo te ha ido el casting? Cuéntanos.

Les traen la comida. Charlotte apenas toca su plato. Hasta la ensalada vegetariana se le atraganta.

«Tom no me llama. Nunca cumple sus promesas.»

Théa se vuelve hacia Charlotte.

—¿Te pasa algo? No has comido nada.

Jeanne se apresura a contestar en su lugar.

—No había nadie en su clase de danza.

—¡Ah! ¿Por eso estás tan callada? ¿Te preocupa?

—Un poco... No sé cómo me las apañaré para pagar el alquiler de este mes. Ya no cobro el paro... Pero intento no perder los nervios; ya se arreglará.

—Tienes razón, Cha. Mi chamán maya siempre decía: «Todo ocurre en la cabeza». Si tienes fe, aparecerá una solución.

Jeanne encuentra la solución enseguida.

—Si estás con la soga al cuello por lo del piso, Charlotte, puedes contar con la *chambre de bonne* de casa. La *au pair* se marcha la semana que viene y la buhardilla quedará libre.

—Eres un amor, Jeanne. Muchas gracias, lo pensaré.

—Bueno, ¿pedimos postre? Hoy invito yo —propone Théa.

Charlotte pone la excusa de que necesita acostarse temprano. Ya no aguanta más. El silencio de Tom le duele demasiado. Se despide de sus amigas con el corazón en un puño.

En cuanto sale del restaurante, se abalanza de nuevo sobre el móvil. Ninguna llamada. Ningún mensaje.

«Pasa olímpicamente de mí.»

Va caminando hasta la parada del 31, llena de ira. Mientras se abren las puertas del autobús, una frase resuena en su cabeza, una frase de tono melódico, como una cancioncilla: «Hazte a la idea, porque mañana tu historia con Tom habrá acabado».

No se puede encontrar el acorde perfecto sin tocar notas falsas.

2

El autobús está casi vacío. Charlotte no se sienta. Permanece de pie, en estado de choque. La frase que acaba de oír revolotea en bucle en su cabeza. No sabe qué le sucede. A su alrededor todo se tambalea. Se deja caer en un asiento, blanca como el papel. Coge el móvil. Con la mano temblorosa, escribe un mensaje a Stella.

Stella, necesita ver a Stella.

Por fin llega a Barbès-Rochechouart, la parada donde tiene que bajarse. Charlotte agarra su bolso, empuja al hombre que tiene delante y echa a andar sin disculparse. En la calle se le hace un nudo en la garganta mientras se le desboca el corazón. Empieza a sudar, aunque hace frío. Camina deprisa para llegar cuanto antes y atajar la angustia. Tiempo atrás, en una situación así, hubiera sido más sencillo: Charlotte no se habría planteado nada, simplemente se habría tomado unos ansiolíticos. Pero no lo va a hacer, se prometió dejar de medicarse. Seguro que la psicóloga que la trató después del colapso nervioso le habría preguntado: «¿Qué te sugiere esta frase?». Por mucho que se esfuerce, Charlotte no encuentra la respuesta. Le cuesta respirar, trata de recuperar el aliento. En vano. Recorre el boulevard de Rochechouart y enfila la rue de Clignancourt. Las aceras están desiertas. El Café du Commerce también. En la rue Pierre-Picard, Charlotte se relaja un poco. Al llegar a ese pasaje, donde vive Stella, siempre tiene la impresión de entrar en un lugar mágico. Fuera del tiempo. Una vez en el ascensor de madera con la puerta enrejada, la subida se le hace eterna. Llama a la puerta. Al fin.

—Entra, querida, está abierto.

Mientras empuja la puerta, vuelve a respirar con normalidad. La caligrafía de los grabados japoneses colgados en el recibidor la apacigua. Deja su chaqueta en un perchero de hierro forjado. Stella la espera vestida con un quimono de seda blanco y una revista de arte en las manos. Está arrellanada en el enorme sofá del salón. Stella es música, de origen eslavo. Charlotte la conoció a través de Tom, que la había entrevistado en uno de sus programas de radio e intuyó que a Charlotte le gustaría aquella fascinante mujer de sesenta y dos años, una experimentada violoncelista que había viajado por todo el mundo dando conciertos. Su luminosa cabellera gris y sus ojos de color negro azabache le dan un aire de madona. El día que las presentaron, Charlotte tuvo la extraña sensación de conocerla desde siempre.

—Bueno, querida, cuéntame qué te ocurre.

Charlotte no logra articular palabra; desconsolada, se echa a llorar en brazos de Stella. Con la cara pegada al pecho de su amiga, solloza durante largos minutos. Stella la deja llorar. Evalúa y absorbe su sufrimiento.

—Está bien, llora todo lo que quieras. Las lágrimas purgan el corazón.

Poco a poco Charlotte se va calmando. La emoción contenida que le oprimía el pecho desaparece al respirar hondo. Stella se levanta, le tiende una caja de pañuelos de papel y luego desaparece en la cocina.

—Voy a prepararte una infusión.

Regresa con dos tazas de loza dispuestas en una bandeja con motivos orientales.

—Es por Tom, ¿verdad? ¿Qué te ha vuelto a hacer ese donjuán?

—Siempre lo adivinas todo, Stella.

—Ya sabes que tengo antenas.

—Por eso he venido. Me acaba de ocurrir algo muy extraño relacionado con Tom. Necesito que me ayudes.

Stella le alarga una de las dos tazas.

—Soy toda oídos.

—Cuando subía al autobús, he oído una frase en mi cabeza.

—¿Y qué decía la frase?

—«Hazte a la idea, porque mañana tu historia con Tom habrá acabado.»

Stella guarda silencio y toma un sorbo de la infusión. En su cara aflora una sonrisa divertida.

Charlotte continúa:

—No era un simple pensamiento, sino algo parecido a una música.

Stella le pregunta:

—¿Como una voz, quieres decir?

—Sí, una voz interior.

—¡Fantástico! Has entrado en contacto con tu intuición.

—¿Mi intuición?

—Sí. Te he hablado a menudo de esa melodía del ser profundo que nos guía.

—Pero ¿entiendes lo que me ha dicho? ¡Que tengo que dejar a Tom!

—No, te ha dicho que te hagas a la idea de que vuestra historia se va a acabar.

—Pero ¡si es lo mismo, Stella! Creo que esa voz era

mi miedo. No logro controlarla. Impide constantemente que se cumplan mis pensamientos positivos.

—¿Por qué quieres controlar el miedo? ¿Por qué no te limitas a acogerlo?

—Es que entonces lo destrozaría todo, ¡espantaría a Tom y él me dejaría!

—Querida, no siempre es sencillo seguir la intuición. A veces hay que tener el valor de zambullirse en los propios miedos para domarlos. La intuición también te permite enfrentarte a los desafíos que te propone la vida, romper la rutina. Tal vez esta frase te abra nuevos horizontes.

—¿Me estás diciendo que tengo que dejar a Tom?

—Yo no digo nada. Te corresponde a ti saber qué es lo mejor para ti, y la intuición te ayudará precisamente a eso.

—¿De verdad piensas que esa frase venía de mi intuición?

De pronto, Charlotte se lleva las manos a la cabeza.

—Me siento muy perdida, Stella; necesito que me ayudes.

—La pregunta es necesaria.

Charlotte se endereza.

—¿Qué pregunta?

—La pregunta que le vas a hacer a tu intuición para

saber más. Tendrás que formularla con la mayor claridad posible.

—¿Es decir?

—Antes que nada, debes relajarte para que en tu interior reine la calma.

—¿Como en una meditación?

—Por ejemplo, pero también puede ser fregando los cacharros o contemplando el cielo. A mí, lo que me calma enseguida es la música de Bach.

—A mí, creo que la danza.

—No me sorprende, querida. Creo que la intuición te guiará cada vez más hacia el movimiento y el diálogo con tu cuerpo. Te voy a contar mi experiencia. Como sabes, primero toqué durante mucho tiempo en grandes orquestas sinfónicas, pero no me sentía muy a gusto. Un día, un agente me propuso interpretar música de cámara. No era tan prestigioso para mi carrera, desde luego, pero una vocecilla me apremiaba a decir que sí. Recuerdo habérmelo jugado a cara o cruz. Así que acepté la propuesta de aquel hombre, a pesar de que todo el mundo tratara de disuadirme. Hoy solo disfruto dando conciertos intimistas. Aunque no resultó evidente de inmediato, seguí mi intuición. El tiempo me ha demostrado que, si confío en ella, estoy en perfecta armonía conmigo misma.

—Yo no puedo decir lo mismo. A veces me pregunto si no pequé de optimista al pretender ganarme la vida dando clases de danza contemporánea. Pensaba que me las arreglaría, pero no ha sido así. Sin embargo, la danza es mi pasión.

—¿Sabes? No se puede encontrar el acorde perfecto sin tocar notas falsas. Ya lo verás: si sigues tu intuición, el exterior también te hablará.

—¿El exterior? ¿A qué te refieres?

—Te lo contaré la próxima vez que nos veamos, ahora es muy tarde. Si estás libre, quedemos el miércoles antes de mi ensayo.

—¿En el salón de té de siempre?

—Te lo iba a proponer.

Stella acompaña a Charlotte al recibidor. Antes de abrirle la puerta, coge una caja de plata y levanta la tapa.

—Toma, un regalo para ti.

Charlotte observa la moneda acuñada con un águila de dos cabezas que la violoncelista le ha puesto en la palma de la mano. Intrigada, interroga a Stella con la mirada.

—Es la moneda que me dijo que sí respecto a la música de cámara.

—¿La lanzaste a cara o cruz?

—Sí, pero solo puedes lanzar la moneda una vez para cada pregunta. Esa es la regla. Lo que sale primero es siempre lo justo. Bien, buenas noches, querida, que tengas un buen regreso a casa.

Charlotte abraza a su amiga violoncelista. Se siente tan aliviada que decide bajar por las escaleras de roble en lugar de tomar el viejo ascensor con la puerta enrejada.

Al llegar al rellano de su apartamento, descubre que alguien ha deslizado un sobre por debajo de su puerta. Lo abre precipitadamente, muy nerviosa. Una carta de reclamación del pago de alquiler. Agotada, entra en el cuarto de baño y se desnuda sin ánimo. Se cepilla los dientes mientras mira los pensamientos positivos escritos en pósits pegados al espejo: tengo éxito en la vida y resplandezco; a la gente le encantan mis clases de danza y tengo muchos alumnos.

Con un gesto brusco, arranca todos los papelitos. Los arroja a la taza del inodoro y tira de la cadena. Las sábanas huelen a limpio. Charlotte no logra conciliar el sueño. ¿Debe aceptar la propuesta de Jeanne? No puede volver a pedirle dinero a su madre para pagar el alquiler. ¿Podrá vivir en trece metros cuadrados? Al fin se duerme. De repente, abre los ojos al oír que ha recibido un mensaje: «¿Nos vemos mañana? ¿A las tres en mi casa? Tom».

La luz de la pantalla del móvil le ilumina la cara. En la oscuridad, la moneda rusa de la mesilla de noche brilla con un extraño fulgor.

Si sigues tu intuición,
el exterior te hablará.

3

Charlotte dedica más de una hora a arreglarse. Se maquilla sutilmente para subrayar sus grandes ojos de color avellana y sus labios carnosos. Se suelta su larga melena rubia y rizada. Duda entre varios conjuntos, y acaba poniéndose la ropa que había elegido al principio: sus tejanos favoritos, un jersey de angora verde pálido, que le realza el pecho, y sus botines de ante nuevos. Tom no podrá resistirse.

Llega a su casa con media hora de antelación. Es demasiado temprano para subir. Aunque está impaciente por verlo, sabe que tiene que hacerse desear. Se dirige al bar de la esquina, a donde va a menudo con él. Se sienta en la misma banqueta de siempre, tapizada de escay rojo, y pide un café largo y un vaso de agua, para matar el rato.

—¿Hoy estás soltera? ¿Tu novio te ha dejado sola? ¡Con lo guapa que eres!

El camarero le guiña el ojo.

—No, he quedado con él.

—¿Y te toca esperarlo? ¿Hoy en día son los hombres los que se hacen desear? ¡Esto es el mundo al revés!

Charlotte se toma el café sumida en ensoñaciones.

Tiene la esperanza de que hoy Tom se comprometa. La cosa se ha alargado más de un año. Siempre es ella la que mendiga amor. El día que lo conoció, iba vestida de cualquier manera y sin maquillar. Jamás se hubiera imaginado que, en una conferencia sobre ecología, se enamoraría de uno de los periodistas invitados. Cuando lo vio sobre el escenario, haciendo preguntas a los ponentes, sintió que se le desbocaba el corazón. Llevaba unas zapatillas deportivas blancas, unos pantalones chinos de color beis, una camisa tejana y un sombrero borsalino. Parecía un aventurero. Sonreía continuamente; parecía a gusto con todo el mundo. Sin embargo, sufría por dentro. Su mujer lo había dejado por otro periodista. Un periodista más exitoso. Después de la conferencia, Charlotte se las apañó para acercarse a él, junto al bufet. Sus miradas se encontraron, y enseguida él inició una conversación. Pronto se dieron cuenta de que tenían muchos amigos en común y que compartían la misma filosofía vital. Y cuando él le susurró al oído: «Tengo un vino tinto sin sulfitos fabuloso, de una pequeña bodega ecológica. ¿Te apetece ir a mi casa?», Charlotte se olvidó al instante de sus buenos propósitos de acostarse temprano.

A través de los ventanales del bar, Charlotte observa a los transeúntes, que han arrancado a correr, sorprendidos por el chaparrón. Le llama la atención el título de una obra de teatro que descubre en un cartel de la esquina: «*Más vale estar solo que mal casado*. ¡Últimos días!».

Charlotte piensa en Stella, en lo que le dijo la noche anterior: «Ya lo verás: si sigues tu intuición, el exterior te hablará».

Duda un momento y luego busca en su cartera la moneda rusa que le regaló la violoncelista.

«Cara, es decir, el lado del águila de dos cabezas: por fin Tom decide divorciarse. Cruz, el lado de la cifra: una auténtica mierda... entonces más vale que lo deje yo.»

Inspira hondo y lanza la moneda al aire. Esta rebota contra el dorso de su mano y se le escapa. Intenta cogerla, pero rueda por el suelo hasta los pies del camarero, que la recoge y la pone en la mesa con un gesto seco.

—Parece que te han endilgado una moneda falsa...

Charlotte no contesta. Se ha quedado muda. El camarero ha dejado la moneda del lado de la cruz.

Paga enseguida y huye como una ladrona.

Observa a Tom, que riega las plantas. Tiene muchísimas delante del balcón de zinc que da a los tejados. Escucha la lluvia martilleando la claraboya. El piso amueblado en el que vive de alquiler desde que se separó de su mujer le parece oscuro, triste, sin vida. Al abrirle la puerta, apenas ha despegado los labios para decir hola. Charlotte ha comprendido enseguida que la moneda rusa decía la verdad.

—¿Qué tal la clase de danza?

—¿Por qué ayer no me llamaste?

—Pero si te mandé un mensaje...

—¡Un solo mensaje en todo el día! ¡Para alguien que me prometió que me escribiría mensajes de amor es todo un éxito!

Tom deja de regar; parece dudar.

—He estado muy ocupado... Pasé todo el día con Virginie.

—¿Cómo que con Virginie?

—No, no imagines nada raro... Puede que tenga algo para mí, en su productora.

—¿Y lo vas a aceptar?

Tom enciende el ordenador. Tiene la mesa invadida de papeles. Se pone a revisar sus correos electrónicos.

—Te he hecho una pregunta, Tom.

—Nunca podré dejar de ver a Virginie, ya lo sabes. Por Samuel.

—Que la veas por tu hijo es una cosa, pero que trabajes jornadas enteras con ella es otra.

—Charlotte, siempre creas problemas donde no los hay.

Ella se levanta de un salto del sofá, lívida.

—¿Cómo? ¿Yo soy la que crea problemas? Hace más de un año que espero a que te divorcies y te comprometas conmigo de verdad.

—Pero si estamos juntos. No sirve de nada precipitar las cosas.

—Por eso prefieres dejarme con la duda.

—Charlotte, dame un poco de tiempo.

—¿Sabes qué? Tendrás todo el tiempo del mundo, pero no cuentes conmigo.

—Cálmate, Charlotte... ¿Qué haces?

Con un gesto hosco, ha abierto el armario ropero. Recupera las pocas cosas que le pertenecen y luego va al cuarto de baño a buscar su cepillo y su desodorante. Lo guarda todo en una bolsa de plástico.

—Charlotte, no lo hagas... Para mí no es tan sencillo.

Ella le dirige una mirada dura. Tom se ha sentado en

el sofá, con la cabeza entre las manos. No la mira. A Charlotte le gustaría que la retuviera, que le suplicara que se quedara. Pero él no se mueve. Ella se marcha dando un portazo. Se queda en el rellano unos instantes, esperando. Ningún ruido, ninguna reacción. Ni siquiera tiene lágrimas para llorar.

Una vez en su casa, Charlotte se desploma en el suelo, llorando. Tiene la cara bañada en lágrimas y una mejilla pegada a la alfombra; las fibras de lana se le meten en la boca y el polvo le irrita los ojos. Los espasmos le impiden levantarse. Querría fundirse con el suelo, poner fin a esa vida injusta. Cierra los ojos y pierde la noción del tiempo.

Se despierta en plena noche, todavía tumbada en el suelo. Un rayo de luna ilumina la alfombra. Distingue una mosca pequeña, que avanza con gran determinación, muy despacio, entre los puntos y los nudos de la lana. ¡Cuántos obstáculos que superar! Charlotte experimenta un arrebato de compasión.

—Vamos, sé fuerte, ya casi lo has conseguido.

El insecto parece contestarle: «Tú también, ya casi lo has conseguido. No dejes de creer en ello».

De repente, Charlotte siente una oleada de energía.

Se pone en pie, coge el móvil y borra las fotos de Tom, una tras otra. Duda si eliminar su número de teléfono, pero acaba conservándolo. Va a buscar una bolsa de basura y se deshace de todo lo que le recuerda a su relación. Después se da una ducha larga y se enjabona varias veces. Charlotte quiere eliminar cualquier rastro de Tom de su cuerpo. Sentada en la cama, con una toalla alrededor del torso y otra en la cabeza, examina su piso. Hace siete años que se instaló; firmó el alquiler poco después de que la contrataran en su anterior trabajo.

Con un gesto decidido, coge el teléfono y marca el número de Jeanne.

—No te despierto, ¿verdad? Quiero preguntarte algo: ¿sigue en pie la propuesta de que vaya a vivir a tu *chambre de bonne*?

*Estar a la escucha pero
aceptar el silencio.*

4

Cuando Charlotte sale de la boca de metro, el ángel de la danza del palacio Garnier parece darle la bienvenida. A pesar del frío punzante, el cielo sin nubes augura un hermoso atardecer. Con el ánimo distendido, atraviesa la plaza de la Ópera, escabulléndose entre los coches. Llega puntualísima a su cita con Stella. Está impaciente por reencontrarse con su amiga violoncelista en su salón de té habitual, situado en el edificio de Napoleón III.

Una camarera la ayuda a quitarse la bufanda de punto grueso y el abrigo. Stella ya ha llegado. Charlotte la descubre entre dos columnas de mármol. Ha elegido una mesa en un rincón tranquilo, decorado con grandes velas. No se ha quitado su sombrero de estilo *chapka*.

—Algo me dice que traes buenas noticias —observa la violoncelista mientras le da dos besos.

—Pues sí... ¿Tú qué tal? ¡Qué bonito *chapka*!

—Es un recuerdo de San Petersburgo. Me abriga mucho en invierno.

—Sí, es increíble el frío que hace hoy.

—El té nos sentará de maravilla. He pedido un *lapsang souchong*, un té chino ahumado. ¿Te parece bien?

—Perfecto.

—Bueno, ¿qué novedades tienes, querida?

—Me he mudado. Y he desconectado de mi entorno.

—¡Fantástico! Entonces ¿has empezado una nueva etapa?

—No lo sé, pero me siento más ligera. Ya no tendré que pagar el alquiler cada mes. Mi amiga Jeanne me ha prestado su *chambre de bonne*.

—¡Un espacio pequeño es ideal para agrandar el espacio interior!

—No lo había pensado, pero debo reconocer que el haberme desprendido de todo lo que tenía me ha quitado un peso de encima. Fue algo muy rápido, como por arte de magia. El nuevo inquilino, que encontré por internet, se quedó todos mis muebles. Ahora solo tengo dos maletas, algunos libros y ropa.

—A veces es necesario saber despojarse de lo superfluo para encontrar lo esencial. No deberíamos acumular demasiadas posesiones, de lo contrario las cosas acaban poseyéndonos.

Stella clava la mirada en Charlotte.

—¿Has vuelto a oír frases en tu cabeza?

—No, pero la de la otra noche decía la verdad. He roto con Tom.

—¿Así que no era tu miedo?

—Era mi intuición, desde luego. Y utilicé la moneda rusa que me diste. Me dijo que, si seguía con Tom, sería un desastre. Y, justo antes, vi un cartel en una columna Morris...

—¿Qué cartel?

—El cartel de una obra de teatro titulada *Más vale estar solo que mal casado*.

—Entonces, si no me equivoco, ha sido tú quien ha dejado a Tom, ¿verdad?

—Sí, tenía una relación ambigua con su mujer...

—Recuérdame cuál era el título de la obra de teatro.

—*Más vale estar solo que mal casado*.

—¿Solo o sola? ¿Casado o casada?

Charlotte se queda pensativa.

—Pues... creo que «casado».

—Ese mensaje exterior parece destinado a Tom...

—¿Tú crees? Sin embargo, cuando vi el cartel, enseguida me acordé de lo que me dijiste en tu casa, que el exterior me hablaría. ¿Qué querías explicarme exactamente?

—Por eso te he citado aquí, querida. Volviendo a la intuición, debes saber que la encontrarás en tu interior, como la frase que oíste, pero también en el exterior, como ese cartel.

—Pero ¿cómo es posible? Ese cartel no se materializó en la columna Morris a propósito para mí...

—Por supuesto que no, te lo enseñó tu intuición. Porque siempre proyectamos hacia el exterior lo que nos sucede en el interior, un poco como un proyector de cine, ¿entiendes? Lo que vemos fuera es el espejo de lo que sentimos. Por ejemplo, ¿qué es lo que te gusta de este salón de té?

Charlotte echa un vistazo a su alrededor, apreciando las columnas con molduras, las esculturas contemporáneas y los muebles modernos.

—Lo que más me gusta es que este lugar forme parte de la Ópera. También me encanta la mezcla de modernidad y de clasicismo, la serenidad que transmite el espacio...

—¿Hay algo que no te guste?

—No, nada... salvo el hecho de que no pueda invitarte porque carezco de los medios necesarios.

—Pues ya lo ves, tu percepción de este lugar te dice exactamente en qué punto de tu vida estás ahora mismo: eres una bailarina de formación clásica que se ha encaminado hacia la danza contemporánea, en busca de la serenidad, pero con una economía bastante precaria en este momento.

—¿Quieres decir que debo buscar los signos exteriores para saber qué dice mi intuición?

—Sí, aunque surgirán precisamente cuando no los busques. La comunicación con la intuición suele ser paradójica: hay que saber preguntar sin ser interrogante, hay que estar a la escucha pero aceptar el silencio, hay que renunciar a la voluntad sin abandonar el deseo de avanzar. Se trata de un equilibrio muy sutil, distinto en cada persona. No existe una única regla. Sin embargo, debes practicar tu propia escala para reconocer tu melodía. La intuición es un estado vibratorio, una longitud de onda. Es como un sexto sentido que utiliza los otros cinco: puede ser una voz, una imagen, una sensación corporal, un sabor o un olor. Los sueños también son un lenguaje de la intuición. Todo puede hablarte tanto en el interior como en el exterior, y acabarás sabiendo qué hacer... aunque no sepas cómo lo sabes.

—Pero ¿y si sigo confundiendo el miedo con la intuición? ¿Y si me equivoco?

—Eso forma parte del camino, querida. Lo único que puedes hacer a la hora de tomar una decisión es preguntarte si actúas por miedo o por amor. Plantéate esta pregunta, por ejemplo, para saber qué te llevó a dejar a Tom: ¿el miedo o el amor?

—Creo que fue más bien por rabia.

—Pero ¿qué sentimiento había detrás de esa rabia? ¿Sentías rabia para protegerte por amor o para alejarte por miedo?

Silencio.

Charlotte enmudece. Stella mira la hora en el reloj que lleva en el pecho, colgado de una larga cadena.

—Tengo que dejarte, está a punto de empezar el ensayo. Termínate el té tranquilamente mientras reflexionas sobre lo que te he dicho.

Stella se ajusta la estola de cachemira sobre los hombros y se pone en pie.

—No sufras, cielo —le dice dándole dos besos—. Al final del camino, descubrirás que todo es perfecto.

Charlotte sigue a Stella con la mirada. La camarera la ayuda a ponerse su larga capa beis antes de acompañarla hasta la puerta, protegida por unos cortinajes de terciopelo rojo. El teléfono de Charlotte empieza a vibrar sobre la mesa. En la pantalla aparece la palabra «mamá».

—¿Dónde estás, Charlotte?

—En el salón de té de la Ópera, ¿por qué?

—¿Por qué? ¡Pues porque he pasado por tu casa y me han dicho que ya no vives allí!

—Perdona que no te avisara. Sí, me he mudado. Pero no te preocupes, he encontrado una *chambre de bonne*. Me la presta Jeanne.

—¡Que has encontrado una *chambre de bonne*! ¡Lo que deberías encontrar es un buen trabajo! ¿Por qué no me has dicho nada? Podrías haber venido a casa, hay sitio de sobra.

—Fontainebleau queda demasiado lejos. No me resulta práctico para dar las clases.

—¡Tienes que encontrar un puesto fijo de lo tuyo, Charlotte! Aunque sea con contrato temporal. Siempre puedes seguir dando clases de danza por la tarde, si tanto te gusta.

—Para mí, el marketing es cosa del pasado, mamá. Ya te lo he dicho.

—¿Y por qué no te has ido a vivir con Tom?

Un instante de duda, de vacilación.

—Tengo que colgar, dentro de nada empiezo un entrenamiento. Ya iré a comer contigo a Fontainebleau. Te llamo pronto, prometido.

Fuera de sí, Charlotte apaga el teléfono. Se bebe el té de manera mecánica. Está frío y amargo. Tom vuelve a invadir todos sus pensamientos. Una oleada de tristeza se apodera de todo su cuerpo. Afuera, ha anochecido de repente. La camarera le abre el cortinaje de la puerta. El frío le azota la cara. Se mete en la boca de metro. Al cabo de una hora tiene entrenamiento, como todos los días. Bailar. Bailar para olvidar.

Basta con escribir todo lo que se te pase por la cabeza.

5

Théa se asoma por el minúsculo balconcito que da al parque de Buttes-Chaumont. La interminable vista de París que se extiende ante sus ojos la deja impresionada.

—¡Se ve hasta el Sacré-Cœur! La habitación es bastante pequeña, ¡pero me parece mágico! ¿Tienes que pagarle alquiler a Jeanne?

Charlotte, con una caja en una mano, está colocando sus libros en el estante colgado encima del sofá cama de color gris claro.

—No, pero le he propuesto quedarme con sus hijas de vez en cuando, para que pueda salir con Bernard.

—Vas a estar muy bien aquí, ya lo verás.

Théa abre su bolso de ante con flecos. Saca un estuche de terciopelo en el que lleva una brújula.

—Bueno, ¿dónde está tu zona del amor?

—¿Mi zona del amor?

—Cha, te dije que te ayudaría a aplicar los principios del *feng shui*. Te voy a enseñar lo que aprendí en un cursillo de psicodecoración, cómo encontrar la mejor energía en casa.

Brújula en mano, Théa gira sobre sí misma y luego se dirige hacia la ducha.

—¡Muy interesante! Tu zona del amor se encuentra en la ducha —constata con una sonrisa—. No es de extrañar, teniendo en cuenta que acabas de romper con Tom. Para reforzarla, podrías poner, por ejemplo, dos pastillas de jabón en forma de corazón, dos botes de champú, dos guantes de crin y dos toallas, como si tuvieras pareja.

—Ahora mismo no me apetece nada tener pareja.

—Mira, he traído mi baraja de tarot. ¿Quieres sacar una carta para conocer tu situación amorosa?

—Si te hace ilusión...

Théa vuelve a rebuscar en su bolso. Esparce las cartas del tarot, boca abajo, sobre la mesilla baja.

—Coge una.

Charlotte le da la vuelta a una carta. Representa un hombre entre dos mujeres. Es el arcano del enamorado.

—La carta está del revés. Eso supone cierta diferencia. En mi opinión, todavía no sabes exactamente qué quieres. Dudas… Incluso vas a dudar entre dos hombres. Te debates entre dos caminos.

—No estoy hecha para las historias de amor, nunca funcionan. Siempre son demasiado complicadas.

—A veces, uno solo puede abrirse tomando conciencia de su vulnerabilidad, de su fragilidad. Un corazón roto es un corazón abierto, como decía mi chamán maya, el que me inició en México.

Théa abraza a Charlotte.

—Todo pasa, ya lo sabes.

Recupera su brújula.

—Bueno, ahora veamos cómo tienes el sudeste, que es la zona de la abundancia y el dinero. Está en el sofá cama… Muy simbólico. No debe de haber muchos movimientos en tu cuenta corriente. ¿Qué parte de tu vida profesional te gustaría dinamizar?

—Me gustaría que mis clases de danza resultaran más atractivas, tener más alumnos.

—Pues el *feng shui* puede ayudarte. ¿Por qué no cuelgas fotos de grupos de bailarines en la cabecera de tu cama?

—¿Quieres decir que si pongo «signos exteriores» estos van a influir en mi estado interior?

—Claro. Tu casa debe reflejar tus deseos, si quieres

que se manifiesten en tu vida. El interior y el exterior están ligados.

—Stella me contó algo parecido respecto a la intuición.

—Todo es simbólico a nuestro alrededor. Hasta las piedras pueden hablarnos, si sabemos escucharlas.

—¿Como decía tu chamán?

—Por supuesto.

Siguiendo su brújula, Théa se dirige hacia la ventana situada al norte.

—¡Esto es perfecto! Mira dónde tienes la zona de la carrera profesional: de cara al Sacré-Cœur, con todo París a tus pies.

La mirada de Charlotte se pierde en el horizonte. El Sacré-Cœur, a lo lejos, le parece tan cercano como si pudiera tocarlo. Théa vuelve a hurgar en su bolso y saca un cuaderno con motivos geométricos.

—Toma, es para ti.

—Es muy bonito, me encanta. Gracias.

—Te lo regalo para que le hagas preguntas a tu intuición. Acabo de leer un libro genial sobre el tema. Me ha recordado a lo que te contó Stella. Al parecer, puedes hacerle preguntas a tu intuición, como si fuera una persona. Para saber la respuesta, basta con escribir todo lo que se te pase por la cabeza, aunque te parezca absurdo. Lo ideal es hacerlo a diario. Tal vez podrías incorporarlo a tu ritual matutino...

—Espero que esto funcione mejor que las frases positivas que me hiciste pegar al espejo, porque no me sirvieron de nada.

—Teniendo en cuenta lo angustiada que estabas por culpa de Tom, es natural que no funcionara. ¡Para eso hay que estar sereno! La meditación es una herramienta fantástica para alcanzar la serenidad.

—Sí, pero, cuando intento meditar, todavía pienso más en él y me agobio más.

—Ahora que has roto con Tom, no debería ser tan complicado. Me parece muy bien que te hayas deshecho de todo lo que te recordaba a él. Los objetos contienen la memoria emocional de su propietario. Y eso crea lazos invisibles.

—No conservo casi nada de él, solo su número de teléfono y sus llaves, que tarde o temprano tendré que devolverle.

—Puedes mandárselas por correo.

—No se me había ocurrido —dice Charlotte, medio convencida.

—Ahora que hemos terminado con el *feng shui*, te llevo a una clase de meditación.

—¿Dónde?

—En mi centro de yoga, al lado de la estación del Este. ¿Vamos en bici?

Las paredes de la clase de meditación están pintadas de color naranja. Del techo cuelgan flores de papel. En todas partes hay retratos en blanco y negro de maestros hindúes. Charlotte está sentada a la izquierda de Théa, en la postura de la flor de loto. Intenta concentrarse. Siente un hormigueo en la pierna izquierda. Le pica la nariz. Intenta hacer como si nada; espera que se le pase pronto. Imposible. Le molesta demasiado. Flaquea y levanta discretamente el brazo para mitigar el picor. Con los ojos cerrados, oye la voz ronca del yogui.

—No os mováis… Mantened la espalda recta. Concentraos en el punto situado en medio de las cejas y visualizad una luz blanca al entonar el «om».

Charlotte no lo consigue. La invaden demasiados pensamientos. Por su cabeza vuelve a desfilar la conversación con su madre. Siente que la rabia se apodera de ella. Esa postura inmóvil le parece una tortura. Se siente encarcelada en su propio cuerpo. Querría moverse, bailar y ahuyentar esa cólera que brota en su interior.

—Dejad pasar los pensamientos, sin aferraros a

ellos. Dejad pasar las emociones, como si fueran nubes en el cielo. Concentraos en la respiración.

Poco a poco, las palabras de su madre se van alejando. Durante unos instantes, piensa en Tom y siente una gran nostalgia, pero enseguida esos pensamientos desaparecen. Experimenta una gran calma. Se deja transportar por la luz blanca. Un sol penetra en su piel, le hincha las células, le calienta el plexo, le ensancha el corazón y la llena de partículas doradas. Un estallido de pura alegría la trasciende. De repente, la visión de una colina verdecida se refleja en la superficie lisa de un lago reluciente. Charlotte se convierte en la colina, es su vegetación, su relieve, sus arroyos, es su cima y también el cielo que se encuentra sobre ella. Flota. Flota por encima de ella. El gong del yogui la devuelve a la realidad.

—Bueno, ¿qué tal la meditación?

Charlotte tarda unos segundos en contestar a Théa. El bullicio de los alrededores de la estación del Este le taladra los tímpanos. Todavía tiene la mente encaramada a la colina.

—Creo que he salido de mi cuerpo, Théa.

—¿Estás segura? Raras veces ocurre, ya lo sabes.

A mí solo me ha pasado una vez, en la cabaña de sudar con mi maestro maya.

—También he visto una colina junto a un lago. Era tan bonita, tan real...

—¿Ya habías paseado por allí?

—Creo que no.

—¿No era donde vive tu padre, en la montaña?

—No, pero sentía que conocía ese lugar...

—Pues seguramente era un mensaje de tu intuición. Tal vez deberías plantearle la pregunta escribiéndola en el cuaderno.

—Tienes razón, así lo haré...

—Escribe por la mañana, es el mejor momento del día. Tengo que dejarte, Cha, debo ir a un *recall*.

—Entonces ¿te fue bien el casting del otro día?

—Sí, el director quiere volver a verme. Es americano. Es para un rodaje en Estados Unidos.

—¡Genial! Estás que te sales como actriz.

—Fue ir a México lo que me transformó. Bueno, me marcho.

De regreso en su cuarto, Charlotte vuelve a pensar en la colina «mágica». Le habría encantado contarle la experiencia a Tom. Él la habría escuchado en silencio, con mucha atención, clavándole su mirada azul. Seguro que la habría ayudado a descifrar esa visión. Él estaba abierto a lo invisible y a los misterios del universo. Charlotte encuentra una manzana y una bolsita de almendras en el estante que hay encima de la cama. No se siente con fuerzas para bajar a cenar a casa de Jeanne. No podría contarle lo de la meditación delante de su marido. Bernard es demasiado racional. Fuera, las luces de la ciudad se van encendiendo unas tras otras. El Sacré-Cœur brilla en el crepúsculo. Charlotte da un mordisco a la manzana, sumida en sus ensoñaciones. Se queda un buen rato contemplando la basílica blanca encaramada en la colina.

*De la repetición nace
la creación.*

6

Charlotte abre los ojos y se despereza como un gato. Un rayo de sol le acaricia la piel. Necesita darse una ducha caliente para acabar de despertarse. Se concentra en el ruido del agua; quiere disfrutar del instante presente. El bote de gel está vacío, no queda ni una gota.

«Otra vez me he olvidado de comprar.»

Sale de la ducha chorreando. Tendrá que conformarse con el jabón lavavajillas del fregadero. Una vez seca, encuentra, amontonados en una silla, un maillot, unas mallas y un par de calcetines. Se viste en un abrir y cerrar de ojos. Esta mañana ha decidido seguir el consejo de Théa de retomar sus rituales cotidianos. «El ritual es básico para crear el movimiento de tu vida. El hecho de repetir regularmente los mismos gestos o ciertas actividades cada día te permite alcanzar el dominio de ti misma, de la materia y de los acontecimientos. Incluso un ritual de diez minutos cambiará tu día. De la repetición nace la creación. Te corresponde a ti elegir las prácticas que te gusten, pues se convertirán en tu propio ritual.»

Primer ritual del día: sesión de yoga. Desenrolla la colchoneta de espuma delante de la ventana. Quiere ver el cielo. Ligera rigidez matutina de las articulaciones. Ejercicios de respiración. Se siente más relajada. Saludo al sol. Se inclina, se arquea, se dobla y se vuelve a levantar. Segundo ritual del día: un superzumo. Pera, clementina, zanahoria, manzana y cúrcuma. Enchufa la licuadora, cuyo sonido se le antoja como un mantra. Las paredes vibran. Charlotte saborea en silencio cada sorbo. Ritual del cuaderno. El tercero del día. Dirección: el bar de abajo. Se suelta el pelo, se pone el plumífero encima de la ropa de yoga y baja los siete pisos andando.

«¿Dejo de utilizar el ascensor? ¿Incorporarlo al ritual? Ya veremos.»

Café du Parc. El calor del interior contrasta con el frío de afuera. El camarero le sirve un café largo que está ardiendo. Rechaza un cruasán grasiento. Acodada en la barra, abre su nuevo cuaderno. Mordisquea el boli y cierra los ojos, tratando de formular su pregunta. Es la primera vez que dirige una pregunta por escrito a su intuición. Vacila y luego escribe a toda prisa: «Intuición querida, ¿puedes decirme por qué vi esa colina? ¿Ese lugar existe realmente? ¿Qué debo comprender?».

Nada. No se le ocurre nada. Se queda en blanco. Intenta concentrarse, con el boli apuntando al cuaderno abierto. El ruido de la máquina de café le retumba en la cabeza. De pronto, una palabra le atraviesa la mente.

«Centro.»

No lo entiende, pero lo escribe: «¿Centro? ¿El centro donde doy las clases? ¿El centro de la rue de Paradis?».

Es verdad que en la colina «mágica» se sintió como si estuviera en el paraíso. Se termina el café de un trago y guarda el cuaderno en el bolsillo. Tiene que ir a comprar gel de ducha y comida para cocinar en casa de Jeanne. Se lo propuso a su amiga para que esta pudiera pasar más tiempo con sus hijas.

En la sección de cosmética, Charlotte busca su marca habitual. Le llaman la atención unas pastillas de jabón en forma de corazón. Coge una. La huele. El perfume le gusta. No, la deja. No le apetece tener pareja. Encuentra su gel de ducha, lo mete en la cesta y se dirige a la sección de fruta y verdura. Tiene previsto preparar un *risotto* de setas. Encuentra las cebollas, el ajo y los champiñones. Todo de cultivo ecológico. ¡Maldita sea!, Bernard no es vegetariano. Coge un muslo de pollo en la sección de carne de ave. Mientras espera su turno en la caja, ve a una pareja de adolescentes que se besan, ajenos a las miradas de la gente. Enamoradísimos. Charlotte da media vuelta. Regresa a la sección de cosmética. Dos pastillas de jabón en forma de corazón, otro gel de ducha y dos cepillos de dientes. Quien nada intenta nada consigue.

Mientras dora los champiñones en una sartén, Lucie y Chloé, las hijas de Jeanne, de seis y tres años, aparecen en la cocina. La mayor quiere enseñarle a Charlotte lo que ha aprendido en clase de danza. Coge la tableta de Bernard. Busca un vídeo de *El lago de los cisnes* en YouTube. Lucie sube el volumen al máximo e inicia su número de baile. Su hermana pequeña la imita. *Chassés-croisés*, reverencias y una pirueta coja con los brazos alzados. Chloé suelta unos gritos estridentes.

—Mis pequeñas duendecillas, ya sabéis que mamá necesita un poco de calma para preparar la comida.

—Tú no estás cocinando —replica Lucie.

—Hoy cocina Charlotte —tercia Chloé.

Bernard irrumpe en la cocina.

—Chloé, deja de berrear ahora mismo. Lucie, te he dicho mil veces que no juegues con mi tableta. Y tú, Jeanne, ¿por qué se lo permites?

—No se lo permito, les explico mis necesidades. Tú también deberías apuntarte a un cursillo de comunicación no violenta.

Bernard se encoge de hombros.

—Bueno, ¿cuándo comemos? ¿O esto también es demasiado violento?

Se marcha al salón. Jeanne pone los ojos en blanco y luego mira a Charlotte.

Las niñas no se terminan el plato. Reclaman el postre, se levantan de la mesa y después se ponen a correr en todas direcciones, cantando. Chloé grita y saca la lengua. En medio de ese alboroto, a Jeanne le cuesta seguir las explicaciones de Charlotte sobre el *feng shui*. Bernard levanta una ceja, burlón.

—Menuda tontería.

Jeanne se pone tensa.

—Cariño, ¿sabías que muchas empresas utilizan el *feng shui* para obtener más beneficios?

—Y para que los farsantes se hagan de oro —se burla Bernard.

Lucie se ha puesto un par de alas de ángel y da vueltas alrededor de la mesa corriendo. Chloé la persigue para atrapar el tul blanco. De pronto, hace perder el equilibrio a su hermana. La botella de vino se derrama sobre la alfombra. Acto seguido, suena una bofetada. Jeanne se queda espantada por su reacción. Ha perdido los estribos. Lucie grita con una mano en la mejilla; su hermana también, pero más fuerte. En la cocina, Jeanne se desmorona, llorando a lágrima viva.

—Soy una mala madre. Me da vergüenza ir por la calle con mis hijas. Es un espectáculo continuo. Todo el mundo nos mira. Sin embargo, yo intento hacerlo lo mejor posible. Pero con Bernard no es nada fácil, ¿sabes? Se pasa el día regañándolas.

A Charlotte no le gusta que su amiga hable mal de su marido. Le recuerda a su madre, que siempre se metía con ella para humillar a su padre. Aconseja a Jeanne que pase más tiempo a solas con Bernard, y le insiste en que ella puede encargarse de cuidar a las niñas de vez en cuando.

—Eres un sol, Charlotte. Siempre puedo contar contigo. Ya que lo dices, dentro de poco es el cumpleaños de Bernard. Si te quedas con las niñas, le prepararé una sorpresa. Lo llevaré a algún restaurante con estrella Michelin.

Después de comer, Charlotte se pone en marcha para llevar a cabo su parte favorita del ritual: el entrenamiento de danza. La sala donde practica se encuentra en el distrito XI. Desde que sufrió aquel colapso nervioso, va a entrenar allí casi a diario. Además de retomar la danza contemporánea, ha realizado numerosos cursillos de perfeccionamiento, así como varios talleres para profesionales. Ha pasado tantísimas horas practicando en el centro que ahora forma parte de los bailarines que pueden ir a entrenar allí siempre que quieran. Tienen una sala reservada para ellos. Charlotte va siempre en bici, desde Buttes-Chaumont, así ya ha hecho una parte del calentamiento.

Una vez allí, se cambia a toda prisa en el vestuario. Intenta no demorarse, pues aborrece el reflejo de su cuerpo desnudo en los espejos. Siempre se ve más gorda que las demás bailarinas.

En la sala, Charlotte se concentra en su estado interior. Se tumba en el suelo, se balancea hacia un lado y otro, estira los brazos y las piernas: ese es su ritual para alcanzar la armonía consigo misma. Cada vez que se prepara para bailar, vuelve a experimentar la misma sensación de no estar sola, de encontrarse junto a un doble invisible que la mira en silencio y le sonríe.

De regreso en su buhardilla del séptimo piso, Charlotte hojea su colección de revistas *Mouvement* para seleccionar fotos de bailarines en grupo. Se detiene ante las del elenco del coreógrafo egipcio Asar Asmar, que empezó siendo actor pero que al cabo de poco se dedicó a la danza contemporánea en El Cairo, su ciudad natal. Conocido en todo el mundo por sus espectaculares ballets al pie de las pirámides, acaba de montar su propia compañía de danza en Francia. A Charlotte, las fotos de los bailarines alrededor del coreógrafo le parecen ideales. Siguiendo los consejos de Théa, las colgará encima del sofá cama para activar su zona de la abundancia. Se pone a recortar las imágenes con esmero. Empieza a abrigar esperanzas.

*En medio del desierto,
uno aprende a conocerse.*

7

Esta tarde Charlotte tiene su primera «cita» consigo misma. Théa le ha contado por teléfono cómo hacerlo.

—Cada semana debes reservarte unas horas para ir al encuentro de tu niña interior, de esa parte de ti que siempre es alegre y despreocupada, que te permite descubrir el mundo con los ojos de una niña, que te empuja a jugar y a crear.

—¿Y cómo puedo ir a su encuentro?

—Sigue mi método: yo recorto una hoja de papel en varios trozos y en cada uno apunto el nombre de algún barrio que no conozca demasiado. Cojo un papelito al azar y voy a ese barrio para descubrirlo con ojos de turista.

—Es verdad que al viajar lo miras todo con más atención. Estás más presente en el instante...

—Exacto. Ese es el estado ideal para desarrollar la creatividad, ya lo verás.

Charlotte baja al Café du Parc. Parapetado tras el tirador de cerveza, el camarero la observa mientras escribe en los papelitos. Ya está acostumbrado a sus extravagancias. Charlotte le cae muy bien, porque lo hace reír. Con los ojos cerrados, elige un trocito de papel del montón que ha colocado encima de la barra.

Pone «Étienne Marcel».

Es un barrio bastante conocido, pero ella apenas lo ha pisado. Ahora ya sabe adónde debe dirigirse. El camarero le desea un feliz domingo y se despide de ella diciendo «hasta mañana».

En lo alto de las escaleras de la boca del metro, se detiene un instante para escudriñar el cielo. Hace un día espléndido, así que decide ir andando a su «cita».

A las tres llega a la estación de Rambuteau, muy cerca de su destino. Las tiendas de los alrededores de la plaza de Beaubourg ya lucen la decoración navideña. Charlotte se cruza con turistas, paseantes solitarios, parejas y familias con cochecito. Desde niña, le encanta observar el ir y venir de los transeúntes, sentir el ritmo de los cuerpos: en su cabeza, sigue cada movimiento.

De pronto se le acerca una mujer con una larga capa beis, como una aparición.

—¿Stella? Pero ¿qué haces aquí?

—No te lo vas a creer, querida, pero ¡justo ahora pensaba en ti!

—¡Qué coincidencia!

—Además, iba a llamarte. Ayer me mandaron invitaciones para el estreno de *La bayadera* en la Ópera Garnier. ¿Te apetece que vayamos juntas?

—¡Me encantaría! Hace tanto que no voy a ver un ballet a la Ópera...

—Tengo el presentimiento de que valdrá la pena. El que nos hayamos encontrado me lo confirma. La invitación ya me sorprendió... Por lo general, el director del teatro nunca me manda nada. Cuando me di cuenta de que era un estreno de ballet, enseguida pensé en ti.

—¡Qué detalle, Stella!

—No es cosa mía, sino del destino. Sabes, querida, cuando se producen dos coincidencias así es que se trata de una sincronicidad.

—Te refieres a un mensaje exterior de la intuición, ¿verdad?

—Sí, es una comunicación muy poderosa con nuestro ser interior. La cosa ha ido así: primero recibí esa invitación tan poco frecuente, que me hizo pensar en ti; luego me dije que debía llamarte y ahora nos encontramos en la calle por casualidad.

—¿Y entonces?

—¡Pues que debemos ir juntas a la Ópera! Allí encontraremos la respuesta, desde luego. La sincronicidad es como un juego de pistas, querida. Si quieres saber más sobre el tema, te recomiendo los vídeos del profesor Pierre Loiseau, un especialista en física cuántica que es una eminencia. Lo explica de una manera muy científica que yo sería incapaz de reproducir, porque resulta demasiado técnico.

—De acuerdo, lo buscaré. Pero ¿qué haces en este barrio?

—Acabo de ver la exposición de Hokusai. ¡Me encanta su obra! ¡*La gran ola de Kanagawa* es una maravilla! ¡Tantísima agua! Como soy piscis, me siento en mi elemento ante sus cuadros. Y tú, ¿qué haces por aquí?

—Estaba paseando a solas.

—¡Qué buena idea! ¡Me parece fantástico que des un paseo solitario! Nada mejor para dejarse guiar por la intuición. ¡En medio del desierto, uno aprende a conocerse! Bueno, te dejo, cielo. Ya te mandaré un mensaje con la fecha exacta de *La bayadera*, que ahora mismo no me acuerdo. ¡Que disfrutes del paseo!

Charlotte llega a su destino. Decide recorrer la rue Étienne-Marcel en dirección a la place des Victoires.

A la altura de la rue Tiquetonne, alguien la llama a gritos. Se da la vuelta. Un hombre con barba, sentado en la terraza del Café Lézard, junto a una estufa, le hace señas. Tarda unos segundos en reconocerlo. Es Dominique, un cineasta amigo de Tom. Se acerca a saludarlo.

—¡Domi! No te había reconocido. ¿Te has dejado barba?

—Es por trabajo, acabo de terminar un rodaje que ha durado un mes.

—¡Genial! ¿Qué era?

—Un proyecto muy interesante para Sam Productions.

—¿La productora de la mujer de Tom?

—Sí. Desde que están juntos otra vez, me da bastante curro.

A Charlotte le sienta como una patada en el estómago. Se agarra a la mesa del bar donde Dominique se está bebiendo una caña.

—¿Quieres tomar algo?

—No, gracias, voy con prisa… Tengo que marcharme.

—¿Qué tal la danza?

—Cada vez mejor.

—Le diré a Tom que nos hemos encontrado.

—No hace falta… Adiós, Dominique.

Charlotte se ajusta el cuello. Aprieta el paso. Ante ella, la estatua ecuestre de la place des Victoires se vuelve borrosa. Se echa a llorar contra la bufanda.

Tal vez no sea más
que una ilusión.

8

Como de costumbre, Théa no podrá asistir a la clase de danza de Charlotte debido a un casting de última hora. Por su parte, Jeanne está enclaustrada en casa con sus hijas. A Bernard le han cancelado el vuelo de regreso a causa de la huelga. Tendrá que hacer noche en Lyon.

Charlotte entra en el centro de danza de la rue de Paradis. Está convencida de que no habrá nadie en su clase. Le sorprende no ver a Michaël en la recepción. En el vestuario, se encuentra con la mujer de la semana anterior, que va acompañada por tres adolescentes, un chico y dos chicas.

—¡Hola, Charlotte! He venido con mi hijo y dos amigas suyas.

El chico se parece a uno de los bailarines de la compañía de Asar. Charlotte se da cuenta enseguida. Se le ensancha el corazón. Vuelve a sonreír.

—¡Genial! Contándome a mí, vamos a ser cinco.

Una hora más tarde, los nuevos alumnos de Charlotte salen de la clase entusiasmados. Se han soltado de verdad. El chico le dice a Charlotte en un aparte:

—Me ha encantado lo que hemos hecho. No parecía una clase. Volveré la próxima semana con unos colegas.

Charlotte recoge los cuatro cupones, se despide de los alumnos y se dirige a la recepción. Detrás del mostrador hay una mujer morena, que lleva una trenza larguísima y un top rosa de tirantes.

—¿Hoy no está Michaël? —pregunta Charlotte.

—No, Michaël ya no trabaja aquí. Yo soy su sustituta —anuncia sin dejar de teclear—. Estaba usted en la sala Pina Bausch, ¿verdad?

—Sí —asiente Charlotte.

Saca su talonario de cheques.

—La última vez no pagó la sala.

—Es que... Michaël no me dejó pagarla.

—Esa es una de las razones por las que ya no trabaja aquí —replica la mujer morena sin apartar la mirada de la pantalla—. A propósito —continúa—, debo comunicarle que el centro dejará de alquilar las salas para una ocupación inferior a diez personas. Hoy solo ha tenido cuatro alumnos. La próxima vez tendrá que respetar el nuevo reglamento, si no...

—Si no ¿qué?

—Nos veremos obligados a ceder la sala a otro profesor. Una clase poco frecuentada, como la suya, no da una buena imagen del centro.

Charlotte redacta el cheque, mordiéndose la lengua.

En la puerta de Chez Jeannette, se encuentra con Théa, que fuma hecha un manojo de nervios.

—No pareces muy contenta, Théa.

—Estoy harta. Al final no me han elegido para la película americana. Resulta que no soy suficientemente *bankable*. El director ha preferido a Mélanie Laurent.

—Vaya, qué lástima. Con la ilusión que te hacía ese proyecto en Estados Unidos... Entremos y pidamos algo para consolarnos.

El camarero llega con sus mojitos habituales, que sirve en la mesa de formica roja.

—No lo entiendo, de verdad. Ya me imaginaba viviendo en Hollywood...

—No sé qué ocurre en estos momentos. Las energías no fluyen, todo está atascado. Ahora que parecía que empezaba a levantar cabeza, en cuanto a los alumnos, resulta que en el centro de danza han puesto una nueva responsable, que pretende que en cada clase haya un mínimo de diez personas. No sé cómo me las voy a arreglar. Me pregunto si sirve de algo todo lo que hacemos: los rituales, el *feng shui* y las afirmaciones positivas. Tal vez no sea más que una ilusión.

Théa se termina el mojito de un trago. Se endereza y da un puñetazo en la mesa.

—No nos vamos a dar por vencidas. ¿Sabes qué? Te invito a un festival de música electrónica, en Vincennes.

—No sé si tengo fuerzas para eso.

Théa ya está en pie.

—Mi chamán decía: «Si te sientes mal, muévete». ¡Vamos, coge el abrigo, que iremos en taxi!

A Charlotte, la música le martillea los tímpanos. A su alrededor, todo el mundo levanta los brazos como si quisieran alcanzar lo alto de la carpa y sigue el ritmo con la cabeza. Théa se contonea a su lado al compás de los sonidos metálicos, con el pelo cubriéndole la cara. Los enormes bafles hacen vibrar la sala. El suelo tiembla. La muchedumbre se apretuja frente al escenario entre gritos de júbilo. Charlotte tiene la cabeza en otra parte.

«Tom está otra vez con su mujer, aunque me juró que jamás volvería con ella.»

Un hombre se acerca a Charlotte y empieza a pegarse mucho a ella. Aunque es bastante seductor, ella lo ignora, alejándose. Entonces el desconocido se dirige hacia Théa y le dice algo al oído. Charlotte observa a su amiga, cuya falda de cuero da un toque carnal a su belleza. El tipo parece extranjero; Théa le habla en inglés. Poco después, le guiña el ojo dos veces a Charlotte, su código secreto para decir que le gusta alguien. Théa sigue al extranjero, que le da la mano. Vuelve a guiñarle el ojo a Charlotte antes de dejarla sola en medio de los cuerpos en trance. Aunque tiene los pies pringosos por la cerveza que se ha derramado, Charlotte se pone a bailar. Quiere ahuyentar la negrura y las emociones reprimidas bajo los focos de luz violeta que le azotan la cara. Baila. No deja de bailar. Nada más importa.

Si te sientes mal, muévete.

9

Antes siempre pasaba los domingos con Tom. Charlotte se sentía como en una burbuja. Tenían todo el tiempo del mundo, que parecía dilatarse para que pudieran cumplir sus deseos. Este domingo, una nostalgia grisácea se ha infiltrado en la buhardilla. Charlotte mira por la ventana. Oye los gritos y las risas alegres de los niños que juegan en el parque de Buttes-Chaumont. ¿Tendrá hijos algún día? Piensa en lo que le dijo Stella: «En medio del desierto, uno aprende a conocerse». Escudriña el cielo, bajo y encapotado. Tiene ganas de llorar.

«Si te sientes mal, muévete.» Qué difícil le parece hoy seguir los consejos de Théa. Charlotte se siente vacía, sin fuerzas, incapaz de nada. Se deja caer en el sofá cama con la mirada perdida en el techo. De pronto se le aparece el pórtico de la catedral de Notre Dame, como un flash. ¿Acaso se trata de un recuerdo de Tom? La primera vez que se besaron fue en el kilómetro cero, justo delante de Notre Dame. Acababan de cruzar la Île de la Cité para ir a casa de él. Charlotte vacila un instante; luego se levanta y se pone el plumífero. Le apetece volver a ver los ángeles de la catedral.

Después de cruzar el Pont au Change, se desliza entre la muchedumbre, que forma un corro en la explanada de la catedral. Oye la percusión que se eleva desde el centro, donde se encuentra un grupo que baila hip-hop. Zapatillas gastadas, camisetas y chándales se agitan en movimientos disociados. El público, embelesado, sigue el ritmo de la música con las palmas. Charlotte suele alejarse de los espectáculos callejeros. Las aceras son el escenario de los aficionados, de aquellos que no han conseguido pisar las tablas. Pero esta vez le llega a las entrañas. Raras veces ha visto semejante técnica, semejante fluidez. La muchedumbre está fascinada, como deslumbrada por un sol cegador. Charlotte cruza la mirada con el bailarín rapado. Lleva unos pantalones de chándal grises y una camiseta blanca; su mera presencia llena todo el espacio. Resplandece en medio del grupo, erguido sobre la cabeza, agitando los hombros o arqueándose. Encadena una figura acrobática tras otra en forma de ondas. Al final da un salto que despierta la ovación del gentío. El hombre saluda al público con la solemnidad de un bailarín estrella. A continuación, avanza unos pasos y toma la palabra.

—Y ahora ¿quién quiere bailar con nosotros?

Nadie se mueve, pero una oleada de aplausos suplica que hagan un bis.

Charlotte observa al bailarín rapado. No se equivoca: el hombre camina en su dirección. De pronto la señala con el dedo.

—Tú, ven conmigo. Me llamo Aurélien.

Charlotte se pone colorada. Ojalá se la tragara la tierra.

—No, lo siento... Es que no me apetece.

—¿Cómo que no te apetece? Eres bailarina, ¿verdad?

—No... Bueno, sí.

—Entonces sígueme. Enséñales lo que sabes hacer. Por cierto, ¿cómo te llamas?

—Charlotte.

Se quita el plumífero. El corazón le retumba en el pecho. Aurélien la conduce al centro del corro, agarrándole la mano. La muchedumbre, presa del entusiasmo, la jalea. De repente se hace el silencio y luego vuelve a sonar la percusión. Charlotte está paralizada; los pies le pesan toneladas, como si estuvieran clavados al suelo. No consigue moverse. Aurélien se balancea suavemente delante de Charlotte, con la mirada fija en ella, una mirada hipnótica de color ámbar. De pronto, siente un calor eléctrico que asciende por su columna vertebral. Oscila de izquierda a derecha, primero muy despacio y después cada vez más deprisa. El ritmo repetitivo de la percusión resuena en todo su cuerpo. La música se apodera de ella, aportándole una inesperada seguridad. Una corriente de enorme libertad recorre todo su cuerpo. Deja caer la cabeza sobre el pecho y abre los brazos en cruz, como si fuera a alzar el vuelo. Gira sobre sí misma, se contonea, mueve una pierna hacia delante y la otra hacia atrás, arqueando el torso. Se siente viva. Su respiración parece inspirar cada uno de sus gestos. Un cosquilleo le despierta todas las células. Cuando la música enmudece, tiende los brazos hacia el infinito. Termina su improvisación de rodillas, con el tronco inclinado hacia atrás, como si dirigiera una plegaria al cielo. Aurélien la coge por la cintura y la levanta por encima de su cabeza, con los brazos estirados. Charlotte lanza un grito de sorpresa. El rostro inclinado hacia atrás, entrevé los ángeles de piedra de la catedral, que parecen volar tras ella. Estallan los aplausos. Aurélien la deja en el suelo, mientras le susurra:

—¡Divina!

Se golpea dos veces el pecho con el puño a la altura

del corazón. Charlotte le responde con el mismo gesto. Luego saluda al público. Mira al suelo. Tiene los pies justo encima de la señal del kilómetro cero. El comienzo de todos los caminos y carreteras de Francia. El punto de partida de todo.

*Una sincronicidad es una serie
de coincidencias.*

10

Charlotte toma el tren de cercanías para ir a visitar a su madre. Sentada junto a la ventanilla, observa cómo el paisaje helado desfila sobre el reflejo de su rostro en el cristal. Es la única pasajera del primer vagón. Abre el ordenador portátil y se pone los cascos. Se ha descargado un vídeo del profesor Pierre Loiseau titulado «Sincronicidad y línea del tiempo». Su figura, recortada contra el escenario donde se filmó, parece enjuta y elegante. Su barba en punta hace que su cara todavía se vea más flaca, y sus ojos vivarachos le dan un aire travieso. Habla deprisa, a veces incluso de forma atropellada, como si su mente fuera más rápida que las palabras. «Una sincronicidad es una serie de coincidencias que puede trastocarte el curso de la vida. Aunque creas que el futuro es una línea causal trazada de antemano, puedes cambiarlo transmitiendo tus intenciones al universo, siempre y cuando estas sean lo bastante firmes. Así podrás bifurcar el camino vital con otra línea temporal. En cierto modo, el futuro puede modificar el presente.»

Charlotte se estremece, a pesar del calor que desprende el radiador situado debajo de su asiento. Las palabras de Pierre Loiseau la colman de alegría, al mismo tiempo que le ponen la piel de gallina. Ante ella se abre un abanico de posibilidades. ¿Tanta fuerza y tanto poder tienen las intenciones sobre la materia?

¡Fontainebleau! Sale precipitadamente del tren, con los cascos puestos y el ordenador en la mano. Su madre la espera en la otra punta del andén. Cuando Charlotte se dispone a abrazarla, lo primero que le suelta es un reproche:

—Al menos podrías quitarte los cascos para saludarme.

Ha ido a recogerla con su viejo Renault Espace, que utiliza para transportar los muebles a su negocio de antigüedades de Milly-la-Forêt. El joven conductor de la furgoneta de delante se las ve y se las desea para salir del aparcamiento. No lo consigue hasta el tercer intento.

—¿A este tipo le regalaron el carnet o qué? Hoy en día la gente ya no sabe conducir.

La calefacción está a tope. La suspensión del vehículo, que tiene bastantes años, ya no impide que el habitáculo vibre continuamente. El respaldo del asiento de Charlotte oscila, meciéndola. Ojalá pudiera dormirse y escaparse en sueños...

La puerta verde de la verja resulta imponente. A izquierda y derecha, los setos están perfectamente podados. El mecanismo de apertura automática funciona sin hacer ruido. La grava del sendero que conduce a la casa cruje bajo las ruedas. Sonidos que le resultan tan familiares... Hubert, su padrastro, las espera en lo alto de la escalera, con tres troncos en los brazos.

—Te vas a ensuciar el chándal. Ya sabes que tenemos una cesta para la leña.

No contesta. Le da dos besos a Charlotte.

—¿Has conseguido arreglar el termostato del horno para asar el pollo?

No contesta. Antes de entrar, se limpia las suelas de los zapatos frotándolas contra el felpudo.

La comida se parece a las que le preparaba su madre cuando Charlotte era pequeña: carne, verduras, hidratos de carbono, queso, fruta, dos rebanadas de pan y agua.

Hoy Charlotte también puede tomarse un café porque ya no es una niña.

—¿Ya no le pones azúcar? ¿Te da miedo engordar?

Charlotte se limita a esbozar una sonrisa.

—¿Cómo llevas la búsqueda de trabajo? No sabes lo preocupados que estamos...

—Todo va viento en popa. Estoy muy contenta: ahora tengo el doble de alumnos que antes. A la gente le encantan mis clases.

—No me refería a eso. ¿Estás buscando un trabajo fijo?

—No, y déjalo ya.

—¿Y la *chambre de bonne*? ¿Cuánto te cuesta?

—No sufras, no volveré a pedirte dinero para el alquiler.

—¿Has pensado en contratar el plan de pensiones del que te hablé?

Charlotte se levanta de la mesa y tira la servilleta de tela en el plato.

—Me ahogo aquí dentro.

—Siempre igual, no se puede hablar con ella, ¿verdad, Hubert?

No contesta.

El lavavajillas ya está en marcha. Hubert se encargará de acompañar a Charlotte a la estación. En la puerta, su madre le da una bolsa llena de mermeladas caseras.

—¿Y qué tal con Tom?

—Hemos roto.

—No me extraña, no era un hombre para ti. Y no te olvides de lo que te he dicho: necesitas un trabajo de verdad. Hazle caso a tu vieja madre.

Charlotte no contesta. Hubert arranca. No dice nada.

No le apetece pasar la velada sola. Llama al timbre de Jeanne, en el tercero. Lucie le abre la puerta de par en par.

—¡Mamá, es Charlotte!

—¡Es Charlotte! —repite Chloé detrás de su hermana mayor.

En la cocina, Jeanne está preparando una quiche para cenar.

—¡Qué bien que hayas venido, Charlotte! Precisamente iba a subir a verte. ¡Tengo una gran noticia para ti! ¡No te lo vas a creer!

—¿Una gran noticia? ¡No sabes cuánto me alegro! Mi madre es tan negativa...

—Acabo de hablar con Bernard. Resulta que la jefa de recursos humanos de su empresa está buscando una *coach* en bienestar para los empleados. Él le ha hablado de ti enseguida. Han quedado que la llamarás mañana.

—¿Es un trabajo a jornada completa?

—No, eso es lo mejor. Podrás seguir siendo independiente. Bernard me ha dicho que solo serán unos tres días por semana. Así tendrás tiempo para las clases de danza.

—Pero ¿qué entienden exactamente por *coach* en bienestar? Me parece bastante vago...

—No lo sé, ya te lo contará la jefa de recursos humanos. Bernard me ha dado su teléfono. Tienes que llamarla mañana a primera hora. Se llama Nicole Vermecker. ¿Te quedas a cenar, cielo? No echaré beicon a la quiche. Bernard no vendrá. Tiene que hacer noche otra vez en Lyon por trabajo.

Charlotte deja un tarro de mermelada sobre la mesa.

—Lo he traído de casa de mi madre.

—¡Fantástico, a Chloé le encantan las fresas! Niñas, ¿ponéis la mesa?

Cuando vuelve a su *chambre de bonne*, Charlotte apunta en su agenda el nombre y el número de la jefa de recursos humanos. ¿*Coach* en bienestar, tres días por semana, bien remunerado? Podría suponer un buen equilibrio entre su deseo de dar clases de danza y su necesidad de ganar dinero. Tumbada en el sofá cama, observa las fotos de los bailarines de Asar, que tiene colgadas en la pared. Cuando esperas algo, nunca sabes en qué forma va a llegar.

*Aunque todo te parezca sombrío,
la luz siempre está cerca.*

11

Charlotte ya forma parte de los clientes habituales de la mañana del Café du Parc. Acodada en la barra, acaba de llamar a Nicole Vermecker. La jefa de recursos humanos la ha citado en una cafetería cerca de la Porte de Versailles, en lugar de en su oficina, situada en Malakoff, en la otra punta del bulevar periférico. La entrevista es a las tres. Charlotte consulta el mapa. Puede ir en tranvía. Se termina el café largo.

—¿Hoy no escribes? —le pregunta el camarero.

—Sí, ahora...

Charlotte le sonríe. Coge su cuaderno de la intuición y redacta una pregunta: «Intuición querida, ¿voy a ser *coach* en bienestar en esa empresa?».

Cierra los ojos y trata de dejar la mente en blanco. Su mano se mueve. Escribe: «No».

¿No? ¿Habrá formulado mal la pregunta? Y eso que

Nicole Vermecker se ha mostrado muy amable por teléfono. Parecía impresionada por su trayectoria profesional, especialmente por su experiencia en una gran empresa. De repente Charlotte se siente confusa. La respuesta de su intuición la ha dejado perpleja. Mira su reloj. De todas formas, debe acudir a la entrevista, así que no le queda demasiado tiempo para plantearse nada. Antes tiene que planchar la blusa blanca. Se pondrá una falda recta para causar una buena impresión. También debería llevarse el paraguas, pues el cielo está muy encapotado.

La próxima parada es Porte-de-Versailles. Las puertas del tranvía se abren con un ruido mecánico. Charlotte ayuda a una madre a sacar el cochecito. Mientras baja del tranvía, echa un vistazo a su alrededor. Su rostro se ilumina. ¡No se lo puede creer! Allí, a dos metros de ella, distingue la figura espigada de un hombre enjuto: ¡es el profesor Pierre Loiseau! Está cruzando la avenida. Tras dudar unos instantes, decide echar a correr tras él. El semáforo se pone en verde, pero ella no desiste: desafía a los coches que la pitan y, sin aliento, llega a la altura de Pierre Loiseau.

—¡Me encanta su trabajo! —le dice a bocajarro, agarrándolo por el brazo.

Este no puede ocultar su asombro.

—Es la primera vez que una mujer tan hermosa me para por la calle. ¿Está segura de que no se ha confundido de persona?

—¡En absoluto! Es usted: el tiempo, la sincronicidad... ¡He visto todos sus vídeos! Me apasionan sus investigaciones. Me gustaría mucho hablar con usted de su trabajo. ¿Le apetece tomar un café?

—No podría negarme. ¿Le parece bien que vayamos al bar de enfrente?

Charlotte se da la vuelta. ¡Es la Brasserie des Deux Ponts, donde la ha citado la jefa de recursos humanos!

—¡Vaya! Ahora mismo no puedo, me están esperando. ¿Y mañana? O cuando usted quiera, yo estoy libre.

—Entonces mejor la próxima semana. Aquí tiene mi tarjeta, llámeme. ¿Y cuál es su nombre?

—Charlotte. Charlotte Rivière.

—Pues hasta pronto, Charlotte.

Charlotte entra en la Brasserie des Deux Ponts con la tarjeta de Pierre Loiseau en la mano. Echa un vistazo al reloj que preside la barra. Llega con diez minutos de retraso.

Esta vez Charlotte llega justo a tiempo para dar la clase de danza. Ya ha anochecido. Ha empezado a llover. Se ha olvidado el paraguas en la Brasserie des Deux Ponts. La entrevista con Nicole Vermecker no ha sido para tirar cohetes. La jefa de recursos humanos apenas le prestaba atención. Iba marcando con una cruz una casilla tras otra. De reojo, observaba su ropa, examinaba su blusa, su falda y sus bailarinas. Charlotte se sentía como si la estuvieran evaluando. Por mucho que ella le explicara el concepto de sus clases de danza, su idea del bienestar a través del movimiento y cómo pensaba transmitírsela a los empleados, Nicole Vermecker parecía aburrida. Al final de la entrevista, le ha asegurado que le daría una respuesta en breve, pero Charlotte no tiene ninguna esperanza de que eso ocurra. Ni siquiera se ha atrevido a pasar por casa de Jeanne para contarle qué tal había ido. Hoy su amiga no vendrá a la clase de danza. Tiene que quedarse con sus hijas. Bernard vuelve a hacer noche en Lyon.

En la recepción del centro la nueva responsable ni siquiera la saluda.

—¡Llega tarde! No hace falta que busque a sus jóvenes alumnos. No eran suficientes. Ya le dije que como mínimo tenían que ser diez.

—Pero ¿dónde están?

—Los he mandado a la clase de expresión corporal.

—¿Cuántos había?

—Siete, pero insisto: tiene que haber diez como mínimo. Adiós.

Charlotte se sienta a una de las mesas de formica roja de Chez Jeannette. Tiene un nudo en la garganta. El camarero le trae un mojito. El cóctel le quema la lengua. Le pican los ojos. Se pregunta cómo se las arreglará. ¿Qué debe hacer para salir adelante? En medio de tantos pensamientos confusos, una frase se impone con claridad: «Aunque todo te parezca sombrío, la luz siempre está cerca».

Charlotte se endereza. Esta vez no le cabe ninguna duda. La voz que ha oído en su cabeza es la de su intuición.

Théa se acerca a la mesa. Está radiante. La acompaña un hombre. Charlotte reconoce enseguida al tipo extranjero del festival de música electrónica.

—¿Ya estás aquí, Cha? ¡Hoy has llegado prontísimo! Bueno, te presento a Nick. Es americano. Trabaja en la industria del cine, en Los Ángeles.

Charlotte les deja la banqueta en la que estaba sentada. Al levantarse, le sorprende su propio reflejo en el espejo de enfrente. La lluvia le ha apelmazado el pelo y le ha corrido el maquillaje, y sin embargo percibe un destello de luz en su mirada.

¡Cuestiónese sus creencias!

12

Saludo al sol. Charlotte termina su sesión de yoga con vistas al Sacré-Cœur. Esta mañana se prepara un zumo de lima, manzana, apio y menta. Mientras está concentrada en el sabor de los ingredientes, con los ojos cerrados, le suena el móvil. Es Stella.

—Espero no molestarte.

—Qué va. Acabo de terminar la sesión de yoga.

—Te llamo para decirte la fecha de *La bayadera*. Es dentro de dos viernes a las siete y media. ¿Quedamos en las escaleras de la Ópera?

—Perfecto. A propósito, no te vas a creer con quién voy a comer hoy en el restaurante de la Ópera.

—¿Con quién?

—¡Con Pierre Loiseau!

—¿De verdad? ¿Has conseguido ponerte en contacto con él por internet?

—¡En absoluto! Me lo encontré en la calle, por pura casualidad.

—Me alegro mucho por ti. Intuyo que te va a decir algo fundamental. En mi opinión, parece una sincronicidad. Me da la impresión de que todo fluye en tu vida, Charlotte.

—Eso mismo creo yo. Desde que me hablaste de la intuición, Stella, veo el mundo con otros ojos.

—Es que has descubierto la magia de la vida, querida. Y eso es solo el principio. La intuición nos guía hacia ella. Bueno, tengo que dejarte. Me olvidaba: el estreno de *La bayadera* es de gala. Que tengas un buen día, cielo.

Charlotte cuelga, se acaba el zumo y luego abre el armario para elegir la ropa que se pondrá para su cita con Pierre Loiseau.

«¿De gala? Pues yo no tengo ningún vestido largo. Tendré que pedirle a Théa que me preste uno.»

A mediodía, el restaurante de la Ópera Garnier está abarrotado, a diferencia de a la hora del té. Como habían quedado, Pierre Loiseau y Charlotte se encuentran a las doce y media. La camarera los acompaña a una mesa junto a un ventanal rematado por un arco de medio punto. Están tan enfrascados en su conversación que ni siquiera se dan cuenta del alboroto que reina a su alrededor. Pierre Loiseau, curioso por naturaleza, le hace muchas preguntas sobre su vida. Charlotte le confiesa su colapso nervioso, su cambio de rumbo profesional, su descubrimiento de la intuición y de las dificultades para poder dar clases de danza.

—¿Y por qué no es usted bailarina?

—Sí que soy bailarina.

—Me refiero a por qué no baila en espectáculos de danza. ¿No es eso lo que le gustaría?

Charlotte guarda silencio unos instantes. Mira a través del inmenso ventanal, como si fuera a encontrar la respuesta allí.

—La verdad es que no sé cómo acceder a ese mundo, es muy difícil. La mayoría de los bailarines profesionales entraron en una compañía al terminar los estudios, pero no fue mi caso. Yo abandoné la escuela superior de danza a los dieciocho años para estudiar marketing.

—¿Marketing? Pero ¿por qué?

—Me di cuenta de que no tenía suficiente talento para la danza...

—Pero más tarde pensó que sí tenía suficiente talento para ser profesora de danza. Sin embargo, me ha contado que tiene dificultades para poder dar clases. No me extraña...

—¿Por qué?

—Si me permite, Charlotte, creo que no está en armonía con sus deseos profundos y, por tanto, no resulta usted clara con las intenciones que transmite al universo. Al principio de la comida le he dicho que primero hay que identificar las creencias que resultan limitadoras para uno mismo, esas que el inconsciente tiene grabadas como si fueran verdades.

—Pero ¿qué es una verdad?

—¡Cuestiónese sus creencias! Su intuición le dirá si realmente le convienen. Debe usted cuestionárselas una por una. La siguiente fase consiste en proyectar una nueva creencia que esté en armonía con sus deseos profundos. Para ello tiene que vaciarse para conectar con el vacío del universo, que, paradójicamente, lo contiene todo.

—¿Como si hiciera limpieza en mi mente? ¿Para dejar espacio a nuevas posibilidades?

—Exacto. Si las intenciones son claras, se acabarán haciendo realidad, pero antes tendrá que experimentar todas las emociones que procura esa futura realización, vivirla primero en su cuerpo para que a continuación se encarne en la realidad, en la materia. El corazón tan solo puede abrirse para cambiar la realidad si alcanza ese estado de claridad de intenciones y al mismo tiempo de desapego. Ese es el poder del corazón...

—Por eso en sus vídeos afirma que el futuro puede influir en el presente...

—Desde luego.

La camarera les trae la cuenta.

—Le agradezco mucho la invitación, Pierre. ¿Ya conocía este sitio?

El profesor Loiseau le tiende la tarjeta de crédito a la camarera.

—Sí, la última vez que estuve aquí fue con Asar Asmar. Supongo que lo conoce...

—Por supuesto, me encanta su trabajo, pero no lo conozco personalmente.

—Es un bailarín extraordinario. Al igual que usted, está muy interesado por mis estudios. Tengo el honor de asesorarlo en su nuevo espectáculo, *El sentido del azar*. A propósito, sé que está buscando bailarines. Tal vez podría pedirle que le haga una audición.

De repente, Charlotte siente que una corriente eléctrica se propaga por todo su cuerpo. El corazón se le ensancha.

—Sería maravilloso.

—La vida es maravillosa, Charlotte.

Tras despedirse de Pierre Loiseau, Charlotte siente como si le hubieran crecido alas. Ya no toca el suelo con los pies. Tiene la impresión de estar volando. Arde en deseos de anunciar la gran noticia al mundo entero: ¡el coreógrafo Asar Asmar le hará una audición! «Aunque todo te parezca sombrío, la luz siempre está cerca.»

Su intuición no se equivocaba. Todo encaja: las fotos colgadas encima de su sofá cama, el encuentro con Pierre Loiseau al bajar del tranvía, la comida en el restaurante de la Ópera... La sincronicidad le ha cambiado la vida. Tiene que contárselo a Stella. Saca el móvil del bolso. En la pantalla parpadea el aviso de un mensaje de voz de Nicole Vermecker: «Charlotte, quería anunciarle que está contratada para el puesto de *coach* en bienestar. Le ruego que me llame a la mayor brevedad para concertar una nueva entrevista y proceder a la firma del contrato».

*Las imágenes de los sueños son
proyecciones de uno mismo.*

13

Hoy Charlotte no ha llevado a cabo su ritual. Tampoco le ha dado tiempo a tomarse un café largo en el bar de abajo. Se da prisa para coger el tranvía en Porte du Pré-Saint-Gervais. Sus tacones resuenan en los adoquines. Se ha puesto la misma falda recta y la misma blusa blanca que para la entrevista, y se ha alisado el pelo. El tranvía se le escapa delante de las narices. El próximo tardará diez minutos en llegar. ¿Todavía le quedan billetes? Si tiene que ir a Porte de Versailles tres veces por semana, más vale que vuelva a comprarse un abono de transporte. El tranvía está abarrotado, pero acaba encontrando un asiento al fondo del vagón. Se acuerda vagamente de lo que ha soñado y saca el cuaderno. Charlotte tiene por costumbre apuntar sus sueños nada más levantarse. Théa le enseñó cómo hacerlo. Esta mañana no le ha dado tiempo, pero al menos ha logrado retener las imágenes del sueño. Escribe: «Estoy en mi cuarto de niña, tumbada en la cama, pero no puedo moverme. Llevo las zapatillas de danza puestas. Intento mover las piernas, pero no lo consigo. Intento gritar. De mi garganta no sale ningún sonido. Tengo miedo. Quiero llamar a mi madre. Sé que no va a venir hasta que no haya terminado los deberes».

Charlotte mordisquea el lápiz. ¿Qué significa ese sueño? Stella le contó que los sueños también forman parte del lenguaje de la intuición. Las imágenes de los sueños son proyecciones de uno mismo. ¿Acaso se siente acorralada en su vida? ¿Su madre representa una parte de sí misma que la obliga a cumplir con el deber? Pero ¿qué deber? ¿El de ganarse la vida? Piensa en las zapatillas de danza que llevaba puestas en el sueño.

De pronto, le viene a la cabeza una escena de su infancia. Tiene siete años. Se ve en la escalinata de su casa de Fontainebleau. Lleva las zapatillas de danza en una mano, medias y un maillot rosa debajo del anorak. Está esperando el coche de su padre, que la acompañará a la clase de danza, pero al volante aparece su madre. «Papá se ha marchado de casa. Ya no podrá acompañarte a clase de danza. Y yo hoy no tengo tiempo. Debo trabajar para que podamos salir adelante, así que ya veremos si sigues con la danza.»

Toda la escena desfila por su mente en pocos instantes. Charlotte se pone de pie. No se encuentra bien. Tiene que bajar del tranvía. Vomita, aunque está en ayunas. Porte de Versailles. Ya se ha recuperado. Respira hondo. En su interior se ha roto algo, se ha liberado algo. Una sensación de libertad se extiende por todo su cuerpo. Su visión le parece mucho más amplia. Atraviesa el puente por encima del bulevar periférico. Distingue el logotipo y el edificio de la empresa con la que debe firmar un contrato para ser *coach* en bienestar.

El olor de los productos de limpieza le da náuseas. El mismo olor que flotaba a primera hora de la mañana en el vestíbulo de su antiguo trabajo. En la recepción hay la misma máquina de café. Le dice su nombre a la recepcionista, que le ruega que espere un momento en una de las butacas de polipiel blancas. Charlotte junta las piernas, mira sus zapatos de tacón y se baja la falda. Vacila y luego abre el bolso. «Cara, me marcho; cruz, me quedo.» Lanza la moneda rusa al aire. El lado con el águila de dos cabezas cae sobre la palma de su mano. En sus labios se dibuja una sonrisa, muy a su pesar. Se pone en pie y sale del edificio ante la mirada sorprendida de la recepcionista. Una vez fuera, echa a correr. Corre hacia lo desconocido.

*Visualizo mis intenciones
y mis deseos para el futuro como
si ya se hubieran hecho realidad.*

14

Ya hace diez días que comió con Pierre Loiseau. Sigue sin noticias de la audición con Asar. Le dejó un mensaje, pero no ha recibido ninguna respuesta. Charlotte se termina su café largo sentada a una mesa del Café du Parc, junto a la ventana. Fuera llueve. Ve a Jeanne y a sus hijas bajo un enorme paraguas con el logotipo de la empresa de Bernard. Su amiga acompaña a las niñas a la escuela. Lucie y Chloé llevan un chubasquero de color fluorescente. Van saltando de charco en charco. Charlotte todavía no le ha dicho nada a Jeanne. Aplaza el momento de contarle que ha rechazado la oferta de Nicole Vermecker. Suspira. ¿Por qué Pierre Loiseau no la ha llamado? Saca su cuaderno. Lo abre por una página en blanco y escribe la fecha. «Intuición querida, ¿debo ponerme en contacto de nuevo con Pierre Loiseau?»

Cierra los ojos y se concentra. Su mano escribe: «Practica la visualización».

El mensaje no deja lugar a dudas. Se levanta. Sabe qué debe hacer.

Oye la lluvia repiqueteando contra el tejado. Sentada con las piernas cruzadas sobre la colchoneta de yoga, observa la vela que ha encendido en el suelo y trata de despejar la mente. Primera fase: fijarse un objetivo claro.

«Pasar la audición con Asar... No, superar con éxito la audición con Asar.»

Se concentra, deja que la invadan las imágenes. De pronto, ve sus propios pies. Descalzos. Se ve bailando descalza frente a otros bailarines. Sus brazos rodean el cuello de un hombre. Sus pies se separan del suelo, su cuerpo se mece siguiendo los movimientos de su pareja de danza. Experimenta una intensa alegría que proviene del corazón, algo que no le había ocurrido nunca. Como si una gran calma y una gran exaltación se fusionaran en su interior, como si estuviera conectada con el infinito. Su visualización termina bruscamente, al igual que la increíble sensación que se había apoderado de ella. Le resultan casi insoportables. Llaman a la puerta. Charlotte tarda un tiempo en volver a la realidad.

Con las piernas entumecidas, se levanta para abrir. Jeanne está en el rellano.

—¡Ya era hora! Y eso que la buhardilla es diminuta. ¿Te molesto?

Charlotte vacila un instante.

—Qué va, adelante, Jeanne. Precisamente iba a bajar a verte.

Al entrar, Jeanne descubre la vela encendida junto a la colchoneta de yoga.

—Estabas haciendo yoga.

—No, una visualización.

—¿Y eso qué es?

—Visualizo mis intenciones y mis deseos para el futuro como si ya se hubieran hecho realidad.

—¿Y cuando se cumplen en el presente te escabulles?

—¿A qué te refieres?

—Lo sabes perfectamente. ¿Por qué no has aceptado el puesto de *coach* en bienestar? ¿Por qué no me has dicho nada?

—Iba a hacerlo. Estoy muy agradecida a Bernard por haberme recomendado para el trabajo, pero...

—Pero ¿qué? ¿Y si dejas de sabotearte de una vez? Por no hablar de lo que has perjudicado a Bernard... De hecho, ahora que no debes pagar nada por el alojamiento, te importa un bledo ganarte la vida.

—Me resultaba imposible. Era como dar un paso atrás...

—¿Un paso atrás? ¿Quieres ser *coach* o no?

—No, he cambiado de opinión. Esa propuesta me ha permitido descubrir qué es lo que quiero exactamente.

—Creo que Bernard tiene razón. Huyes de la realidad, Charlotte. Te niegas a ver el mundo tal y como es.

—Quiero encaminarme hacia lo que realmente me corresponde.

—No te sigo. Dejémoslo aquí. No he subido para conocer tu estado anímico, simplemente quería preguntarte si esta noche puedes quedarte con las niñas.

—¿Esta noche? Es que Stella me ha invitado a la Ópera, me lo propuso hace tiempo.

—Ya veo que no podemos contar contigo. Todo era más fácil cuando aquí vivía una *au pair*. Bueno, ¡que te diviertas!

A Charlotte no le da tiempo a retenerla. Jeanne se marcha dando un portazo. Oye sus pasos en las escaleras.

*Debes confiar en ti
para poder confiar en el otro.*

15

Frente al espejo de cuerpo entero del dormitorio de Théa, Charlotte observa su silueta enfundada en un vestido de tubo que le hace probar su amiga.

—Bueno, Cha, ¿qué me dices de este? Divino, ¿verdad? Es el que llevé en el festival de Cannes.

—¡Es ceñidísimo! Me hace parecer gorda. Creo que prefiero el dorado con volantes. Me disimula más las curvas.

—¡Debes aceptar tus curvas! Tienes un cuerpo espléndido.

—Te recuerdo que, por culpa de mis curvas, de niña no pude entrar en la escuela de danza de la Ópera.

—Eso es porque no estabas hecha para esa vida de disciplina, lo cual no significa que no seas una gran bailarina. Cuánto me alegro de que tengas una audición con Asar...

—Todavía no me ha llamado...

—Cuando aceptes tu cuerpo tal y como es, todo el mundo te llamará.

Charlotte, desconcertada, mira a Théa.

—Cha, desde que te conozco, siempre has querido tener el cuerpo de otra mujer. Siempre has querido ser distinta. Yo te veo muy hermosa. Y este vestido te queda perfecto, incluso mejor que a mí.

Charlotte examina sin temor las curvas de su cuerpo. Observa sus rizos rubios, que le rozan los hombros desnudos, sus pechos turgentes y su cintura fina que se ensancha suavemente en la cadera. Se atreve a verse, a verse realmente.

—Tienes razón, me queda bien. ¿Me lo prestas para esta noche, entonces?

—Te lo regalo, si quieres. En Los Ángeles, Nick me va a regalar un montón de vestidos.

—¿La cosa va en serio?

—No lo sé, pero es la primera vez que me apetece seguir a un hombre. Y no porque sea productor.

—Las visiones que tenías de ti misma en Hollywood puede que fueran de esto.

—Eso mismo pienso yo. Se me hace raro irme y dejarlo todo aquí. Cuando me vaya, puedes mudarte a mi piso, si Jeanne sigue mosqueada.

—Gracias, Théa. ¿Y en Estados Unidos podrás actuar?

—Nick me va a presentar a un agente. De todos modos, será un salto al vacío.

—Como el salto del ángel en danza. Cuando te lanzas en brazos de tu pareja, debes confiar en ti para poder confiar en el otro.

Enfundada en su vestido de tubo, sentada junto a Stella en la tercera fila del patio de butacas, Charlotte experimenta en carne propia cada uno de los movimientos de *La bayadera.* La misteriosa guardiana del fuego sagrado irrumpe en el escenario tras un velo rojo. Menea el torso y agita los brazos, como si volara en medio del coro de esclavos indios. Gira sobre sí misma, envuelta en un sari bordado de colores brillantes, arqueando el cuerpo con sensualidad y la cabeza erguida en un gesto altivo. Visualmente, todo parece perfecto, pero Charlotte se da cuenta de que no ha caído rendida de admiración. ¿Se debe al enorme dominio de la bailarina? A Charlotte no le entusiasman las variaciones, pues están demasiado reglamentadas. Algo no fluye. Siente cierta reserva.

Se cierra el telón, poniendo fin al primer acto. Charlotte aprovecha el entreacto para invitar a Stella a una copa de champán. En el bar, se abre paso entre los vestidos de gala y los esmóquines. El vestido de Théa no pasa desapercibido. El camarero está desbordado, pero enseguida le pregunta qué desea. Charlotte se reúne con Stella y le tiende una copa. La violoncelista permanece callada. Parece pensativa.

—¿No te gusta el ballet, Stella?

—Claro que me gusta, querida, es magnífico y lo interpretan de maravilla. Si estoy un poco ausente, es porque no consigo tomar una decisión.

—¿De qué se trata?

—El caso es que debo contestar a mi agente, que me ha propuesto dar una serie de conciertos a bordo de un crucero en primavera...

—¿Y no te apetece ir?

—Es muy tentador, desde luego, pero no me imagino tocando en un barco. Temo que surja algún contratiempo...

Charlotte se queda paralizada. Se le desboca el corazón. Detrás de Stella, en su campo de visión, aparece un hombre con la tez mate y el pelo negro recogido en una coleta. Es Asar Asmar. No le cabe la menor duda, pues lo ve cada día encima de su cama. Va acompañado de un joven rubio muy atractivo. ¿Qué debe hacer? De repente se agobia. Suena el timbre que avisa de que el espectáculo se reanudará en breve. Ahora o nunca. Ha dejado de prestarle atención a Stella. Asar ya ha dado media vuelta. Lo ve de espaldas, ascendiendo la escalinata de la Ópera. Caminando tan deprisa como le permite el vestido de tubo, Charlotte le pisa los talones, lo adelanta y lo para, temblando como una hoja.

—¿Pierre Loiseau le ha hablado de mí?

—¿Perdón? Buenas noches, señorita. ¿Podría decirme quién es usted?

Charlotte balbucea.

—Eh... Sí, claro, ¡disculpe! Me llamo Charlotte Rivière. Es por una audición.

—Rivière... Ah, sí, recibí un correo electrónico de Pierre con su nombre.

Asar se vuelve hacia el joven rubio.

—Tristan, mi asistente, le mandará un mensaje con toda la información necesaria. Que acabe de pasar una buena velada, señorita.

Stella alcanza a Charlotte en lo alto de la escalinata.

—¿Quién era? Pareces muy emocionada...

—Asar Asmar, el coreógrafo egipcio.

—Un hombre muy atractivo. ¿Así que esta es la razón por la que te he invitado al ballet? Asar... El nombre le cae como anillo al dedo: ¡se pronuncia casi igual que «azar»!

Las dos mujeres vuelven a ocupar sus asientos. Charlotte no cabe en sí de alegría. ¡Se ha atrevido a hablar con Asar! ¡Menuda audacia! Está orgullosa de sí misma. En el escenario, la coreografía de *La bayadera* le parece más ligera. Le da la impresión de estar en armonía con la bailarina. Está en sintonía con ella, como si fueran un solo cuerpo. Y cuando la bailarina se arroja en brazos de su pareja, Charlotte se ve llevando a cabo el salto del ángel.

*Todo lo que vivimos en el exterior
es el reflejo de nuestro interior.*

16

Hace más de una semana que no ha visto a Jeanne. Sigue sin noticias de la audición. Apenas si tiene dinero en la cuenta corriente. Pronto ya no podrá permitirse ni el café largo de la mañana. Sin embargo, Charlotte no se arrepiente de su decisión. Hizo bien rechazando el puesto de *coach* en bienestar. Su intuición la ha guiado; está convencida de ello.

—Aquí tienes el café largo.

Charlotte sonríe a Marc, el camarero del Café du Parc.

—¿Tienes planes para Navidades, Charlotte?

—Iré a casa de mi padre, que vive en Chambéry.

Sí, irá a casa de su padre, como cada año. Pero ¿qué va a hacer cuando vuelva a París? Después de lo que le dijo Jeanne, no puede quedarse en la *chambre de bonne*. Charlotte está dolida con su amiga porque esta no ha comprendido su evolución personal. Se termina el café y saca el cuaderno. «Intuición querida, ¿cómo me las apañaré?»

No recibe ninguna respuesta. En su cabeza todo está demasiado confuso. Abre los ojos, suspira y se acoda en la barra, con la mirada perdida. Le llama la atención un libro que reposa sobre el mostrador. En la cubierta luce una pegatina que dice: «Léeme».

Lee el título del libro, frunciendo el ceño: *El arte del perdón con ho'oponopono.*

—¿De quién es este libro, Marc?

—Es de *bookcrossing*, algo muy de moda en los bares de California, a donde fui en verano. Coges un libro y, una vez lo has leído, lo dejas en otro bar o en algún lugar público para que lo encuentre otro lector. Me encanta la idea.

Charlotte sonríe mientras guarda el libro en su bolso. Su intuición ya le ha respondido.

Una vez en casa, se enfrasca en la lectura, tumbada bajo la foto de Asar y sus bailarines. «Todo lo que vivimos en el exterior es el reflejo de nuestro interior. Así, las personas o las situaciones negativas nos enseñan los pensamientos negativos que albergamos. Estos provienen a menudo de experiencias del pasado, almacenadas en el subconsciente. Esos recuerdos generan falsas creencias y miedos que nos transmiten una visión deformada de la realidad, en la que nos sentimos víctimas. Acusamos a los demás en lugar de asumir la responsabilidad de todo lo que nos ocurre; al encerrarnos en la queja, nos quedamos bloqueados.»

Charlotte cierra el libro un instante, sumida en sus pensamientos. ¿Cuál es su parte de responsabilidad en la discusión con Jeanne? Fue ella quien aceptó ir a la entrevista. ¿No seguía las creencias de su madre, una vez más? La necesidad de un trabajo estable, bien remunerado. Por tanto, la reacción de Jeanne no resulta tan sorprendente, teniendo en cuenta su repentino cambio de parecer. Charlotte se da cuenta de que no escuchó su intuición. Tiene que confiar más en sí misma. Retoma la lectura: «Las situaciones difíciles de la vida nos permiten purificar los recuerdos negativos. Para ello, basta con repetir interiormente este mantra: "Lo siento. Perdón. Gracias. Te quiero", que equivale a decir: "Siento haber creado esta situación. Perdón por estos pensamientos erróneos. Gracias, pues así tomo conciencia de ello. Te quiero, ya que por medio de la energía del amor podré liberarme de esos pensamientos"».

Charlotte cierra el libro. Se levanta y se arregla el pelo ante el espejo. Se mira a los ojos. Algo se ha apaciguado en su interior. Ya no le guarda rencor a Jeanne, así que decide ir a hablar con ella.

Jeanne, sentada a la mesa de la cocina frente a Charlotte, está a punto de romper a llorar.

—No puedes imaginarte hasta qué punto me conmueve lo que me acabas de decir. Por supuesto que todos nos hemos equivocado en esta historia. Por mi parte, ya sabes que me cuesta afirmarme frente a Bernard. No me atreví a salir en tu defensa. Tienes todo el derecho del mundo de cambiar de opinión. Ahora te entiendo mejor, después de lo que me has contado. Y en cuanto a la buhardilla, no hace falta que te mudes tan deprisa, aunque Théa te preste su apartamento.

—Creo que la semana que voy a pasar en casa de mi padre me permitirá ver las cosas con más claridad.

Las dos dan un respingo al oír el móvil de Charlotte. En la pantalla indica que se trata de un número oculto. Charlotte coge el aparato con un gesto febril.

—¡Debe de ser el asistente de Asar, tengo que contestar! Te dejo, subo a casa.

Una vez en el rellano, descuelga el teléfono.

—¡Hola, Charlotte!

No reconoce la voz.

—¿Quién es?

—Soy Dominique, el amigo de Tom.

Silencio.

—¡Ah! Hola.

—Escucha, quiero proponerte un proyecto. Es para un videoclip que estoy dirigiendo. Necesito una bailarina. He pensado en ti.

—Pero ¡si nunca me has visto bailar!

—No, pero sé cómo bailas. Tom me ha dicho que tienes muchísimo talento.

—¿Un videoclip? ¿Para quién?

—Para Gabriel, el cantante de moda, ya sabes. Además, está bien pagado. Lo financia la productora.

—¿Y cuándo es?

—Pasado mañana. Ya sé que es bastante precipitado, pero Gabriel tiene muy poca disponibilidad.

—¿Hay alguna coreografía?

—No, tienes que improvisar. Tom me ha dicho que es tu especialidad. ¿Te interesa? Necesito que me des una respuesta ahora.

Charlotte no necesita lanzar al aire la moneda rusa.

—Cuenta conmigo. ¿Dónde será el rodaje?

—La asistente de producción te llamará para darte toda la información. El rodaje será delante del Sacré-Cœur.

Ya ha anochecido. La luna llena ilumina la *chambre de bonne*. Charlotte no consigue pegar ojo. Por primera vez en su vida van a pagarle por bailar. Da vueltas en la cama pensando en lo que le dijo Théa: «Cuando aceptes tu cuerpo tal y como es, todo el mundo te llamará». A través de la ventana, distingue la cúpula del Sacré-Cœur. Alarga la mano. Esta vez, la ha tocado con los dedos.

Una metamorfosis tras otra.

17

La jefa de producción del videoclip ha convocado a Charlotte a las seis y media de la mañana al pie del Sacré-Cœur. Todavía es noche cerrada; las luces de la ciudad brillan en la oscuridad. El equipo de rodaje ha instalado una tarima sobre la que bailará Charlotte. En el camión de rodaje, se ha puesto un mono de látex de color verde. La peluquera y maquilladora le recoge el pelo en un moño y luego le aplica una base en el cuello, la cara y las manos. Dominique entra con un vaso de plástico lleno de café caliente.

—Me has pedido un café largo, ¿verdad?

Charlotte le da las gracias y sopla sobre el café que quema.

—Empezaremos contigo. Filmaré a Gabriel más tarde. En el montaje y en la posproducción, proyectaré su imagen sobre tu mono, como si cantara sobre tu piel.

Lo único que te pido para la improvisación es que abras los brazos a menudo, como si fueran alas.

—Tengo que intentar transmitir la idea de metamorfosis, ¿no?

—Sí; cuando las imágenes de Gabriel se proyecten sobre ti, te convertirás en un pájaro o una especie de ángel. En cuanto estés lista, empezamos.

—Necesito diez minutos de concentración.

Charlotte lleva dos días preparando la improvisación en su cabeza. Se aparta del camión de rodaje y se mantiene erguida ante el amanecer. Hace largas inspiraciones y vacía la mente para visualizar la trama de su coreografía. Imagina las formas y los símbolos que va a materializar en su baile, ve su cuerpo ovillado como una bola de carne que luego se desenrolla mientras despliega los brazos, que se vuelven alas. Acto seguido, se imagina en el cuerpo de un águila. Atraviesa una nube. Se funde en ella, se disuelve en ella. Se convierte en vapor de agua y, por último, en la lluvia que cae en la corriente de un río. Una vez terminada la visualización, comienza el ritual del calentamiento.

Ya se siente preparada. Se dirige a la tarima en el mismo instante en que el primer rayo de sol del día despunta en el horizonte, iluminando la cúpula de la basílica. El corazón le palpita con fuerza, pero está serena.

Dominique, que se encuentra detrás del director de fotografía, habla con un megáfono.

—Luces, cámara...

—Ya está grabando —contesta el operador.

—¡Música! Cuando quieras, Charlotte.

Sus movimientos se encadenan con una fluidez desconcertante. Interpreta una metamorfosis tras otra. Mientras baila, se imagina que vuela como un águila. Vuela. Se ve volando por encima de su cuerpo, sin dejar de moverse sobre la tarima. Ni siquiera se sorprende al ver la cara de Tom, que le sonríe. Reconoce sus ojos azules. Vuelve a encontrarse en la colina «mágica» que descubrió tiempo atrás, mientras meditaba. Baila. Baila sobre la cima.

La memoria del cuerpo
es infinita.

18

¡Siete millones de visualizaciones en YouTube! El videoclip de Gabriel ha tenido un éxito arrollador. Charlotte no se lo puede creer. Tampoco sale de su asombro al ver su nombre en los títulos de crédito. Desde que ha subido al tren en dirección a Chambéry, no ha dejado de visionar el videoclip en su tableta. A veces se pregunta si es ella realmente la que baila. Gabriel le ha mandado un mensaje de agradecimiento, asegurándole que ha contribuido con creces al éxito del videoclip. ¡Siete millones de visualizaciones! Tiene la página web saturada de mensajes de felicitación. Théa incluso la ha llamado desde Estados Unidos. Charlotte está impaciente por enseñarle el videoclip a su padre. Echa un vistazo por la ventanilla; el paisaje que desfila a toda prisa se ha vuelto montañoso y está nevado. El cielo está recubierto de una espesa niebla, pero Charlotte se siente ligera.

Incluso, le tienta llamar a Tom para darle las gracias por recomendarla a Dominique, pero debe de estar de vacaciones con su mujer. Desde que descubrió el libro sobre el *ho'oponopono*, el rencor que le guardaba a Tom se ha ido atenuando. También ella tiene su parte de responsabilidad en lo sucedido. Fue la primera en huir. Ahora que ya no están juntos, se le están abriendo muchas puertas.

El tren llega a la estación de Chambéry. Mientras recoge su maleta en una punta del vagón, un adolescente con capucha le dice:

—Tú eres la que baila en el videoclip de Gabriel, ¿no?

Charlotte le sonríe y asiente con la cabeza.

—¡Mola tu coreografía!

Charlotte distingue a su padre delante de la estación. Está ayudando a una pareja de jóvenes parisinos a fijar los esquíes en su coche de alquiler. Le toca el hombro.

—Hola, papá.

—¡No te había visto, tesoro! Espérame en el coche, que termino una cosita y estoy contigo. Está aparcado allí, es un Kangoo nuevo.

Con una sonrisa en los labios, Charlotte se dirige al vehículo, que encuentra abierto. Deja su equipaje en el asiento trasero. Las llaves están en el contacto. Enciende la radio. Conoce la música. ¡La ha bailado! *Metamorfosis*, de Gabriel. Canta con él a grito pelado mientras espera a su padre.

Ha dormido de maravilla. Ha vuelto a disfrutar del silencio de la montaña, que tanta calma le aporta. Bajo el edredón a cuadros se siente segura. Desde la cama, ve cómo nieva. El olor de las paredes de madera se mezcla con el del pan tostado que llega hasta su cuarto. Charlotte se estira, observa las sensaciones de su cuerpo y luego se levanta. Se pone una chaqueta de punto y unos calcetines de lana gruesa.

En el comedor, Ingrid, la compañera de su padre, ha encendido unas velas y ha puesto la mesa para el desayuno. Hay fruta, cereales, huevos pasados por agua y algunas lonchas de queso. Ingrid, que es noruega, está acostumbrada a los rigores del frío, por eso le gusta que su casa sea cálida.

—¡Charlotte! ¿Has dormido bien? No comes carne, ¿verdad? He preparado una empanada de verduras para mediodía. Le sentará bien a tu padre. Aunque sea profesor de gimnasia, tiene que cuidar su línea. ¿No crees que ha engordado un poco?

—No me he fijado, la verdad. A propósito, ¿dónde está?

—En casa de los vecinos. Les está ayudando a despejar la entrada. Ya has visto cuánto ha nevado esta noche...

—Sí, y sigue.

—Pero anuncian buen tiempo para la tarde. Podremos ir a esquiar. ¿Quieres leche con el café?

—No, gracias, no tomo leche.

—Por cierto, tu padre me ha enseñado el videoclip. ¡Estás bellísima!

Charlotte se deleita con el desayuno de Ingrid. Ya hará la sesión de yoga y los rituales matutinos más tarde.

Cuando llegan a Flumet-Saint-Nicolas, la estación donde Charlotte aprendió a esquiar, luce un sol espléndido. Ingrid se despide de ellos al pie de los remontes mecánicos. Prefiere el esquí de fondo.

Al igual que en su infancia, Charlotte coge un telearrastre, seguida por su padre. Si se caía, este la recogía y la colocaba entre sus piernas para acabar de subir la pendiente. Charlotte recuerda cómo apretaba la mandíbula y se agarraba a la barra de hierro, sin dejar de llamar a su ángel de la guarda para que no la abandonara. Se sentía obligada a mantener el equilibrio sobre los esquíes para no decepcionar a su padre. Este recuerdo le viene a la memoria justo cuando llega a lo alto de la pista. El paisaje que se extiende a su alrededor se parece vagamente al de la colina «mágica», aunque no hay ningún lago como el que vio mientras meditaba. Lleva dos años sin esquiar, pero enseguida revive todas las sensaciones: la memoria del cuerpo es infinita. La pista está helada en algunos lugares. Charlotte clava el bastón y flexiona las piernas. No se le da del todo mal. Su padre va detrás de ella. De niña, era ella quien lo seguía a él. Recuerda que la iba animando todo el rato: «Hazlo lo mejor posible, tesoro. Lo importante es hacerlo siempre lo mejor posible, aunque te caigas». Ella lo hacía lo mejor posible. Siempre lo había hecho todo lo mejor posible. Sin embargo, ¿alguna vez había llegado a felicitarla su padre? Charlotte siempre había sentido cierta reserva por parte de él, como si todavía tuviera que hacerlo mejor.

Ya casi son las cinco, están a punto de cerrar las pistas. Se encuentran con Ingrid en el coche. Charlotte pregunta si puede conducir ella. Su padre se muestra sorprendido, pero le tiende las llaves. En la carretera serpenteante no puede evitar darle algunos consejos.

—Ten cuidado con esta curva, tesoro, que es muy traicionera. Para coger bien la carretera, tienes que dejar de acelerar justo antes de girar y volver a acelerar una vez que estés en medio de la curva.

—Déjala hacer, conduce muy bien —protesta Ingrid desde el asiento trasero.

—Por cierto, papá, no me has dicho nada del videoclip.

—¡Estás bellísima, Charlotte! —contesta Ingrid.

—¡Es genial! Te permitirá llegar aún más lejos...

—¿Más lejos? ¿Adónde?

—Siempre se puede hacer mejor, tesoro.

—La vida no es una competición, papá. Te preguntaba qué te ha parecido cómo bailaba en el videoclip.

—¡Pero si eres bailarina, Charlotte! Ya bailabas antes de caminar...

Charlotte experimenta una ligera tristeza, pero al instante piensa en los siete millones de visualizaciones en YouTube. Puede estar orgullosa de cómo baila.

Ingrid ha decorado el abeto con adornos tradicionales de su país. Ha encendido unas velas de color dorado y en la mesa ha puesto unas estrellas de papel blanco y piñas. Charlotte ha aceptado probar un trozo de pavo para acompañar el puré de castañas y la mermelada de arándanos. A pesar de las protestas de su padre, Ingrid ha decidido que irían todos juntos a la misa del gallo.

En la iglesia, la alegría se apodera de Charlotte. Ante las luces del belén, las figuras y los animales de papel maché que aguardan el nacimiento de Jesús a medianoche, experimenta el mismo sentimiento de maravilla que una niña. Todo parece hablarle. El exterior refleja su interior. Se siente renacer. Al salir de la misa, repican las campanas. Vibran en todo su cuerpo... al igual que su teléfono en su bolsillo. Acaba de recibir un mensaje de Tom: «Me ha encantado verte bailar en el videoclip. Te echo de menos».

El amor siempre está libre.

19

El 3 de enero, en el mostrador de la oficina bancaria, el empleado sella el cheque que desea ingresar Charlotte.

—Esta suma cubrirá con creces su descubierto, señorita Rivière. Lástima que no perciba derechos por la difusión del videoclip, pues se habría hecho de oro. ¿Va a rodar más?

—Dentro de unos días tengo una audición, pero es para un espectáculo.

—¿De otro cantante?

—No, de Asar Asmar, el coreógrafo.

—No lo conozco. ¿También estará bien pagado? Debería considerar la posibilidad de poner parte de su dinero en una cuenta a plazo fijo.

—¿Ha tomado nota de mi nueva dirección en casa de Théa Lizi?

—Sí, todo en orden. Que tenga un buen día, señorita Rivière.

Al salir del banco, Charlotte decide ir a la rue de Rivoli. Tiene que comprarse un top para la audición. En el probador, duda entre tres modelos, sin llegar a decidirse. Saca la moneda rusa y la lanza tres veces. Dos sí y un no. ¡Decidido! Después de pasar por caja, entra en una perfumería para comprarle un regalo a Stella, que la ha invitado a comer a su casa.

—¡Feliz año, querida! Me alegro mucho de verte. ¿Qué tal te fue en la montaña?

Stella la ayuda a quitarse el abrigo.

—Muy bien. Es increíble cómo fluye mi vida ahora: cuanto más me abro al exterior, este más me habla.

—Cuando sigues tu intuición, te vas acercando a tu auténtico ser y todo se pone en su sitio.

Charlotte le entrega el frasco de perfume.

—Tu favorito, para agradecerte todo lo que me has enseñado.

—Yo no te he enseñado nada, tú ya lo sabías, pero ¡mil gracias, cielo! Me va perfecto, porque ya casi no me queda. Me lo llevaré al crucero. ¿Pasamos a la mesa?

—¿Así que al final has decidido participar en el crucero musical?

—Sí, ya he firmado el contrato, pero todavía no me he hecho a la idea. A ver qué me depara el futuro...

Stella sirve el entrante.

—Hablando del futuro, ayer recibí la convocatoria para la audición con Asar. Desde que bailé en el videoclip de Gabriel, siento una gran confianza en mí misma. Además, he comprendido muchas cosas relacionadas con mis padres. Ya no espero su reconocimiento. De pronto, me siento más libre y más serena para la audición.

—Cada cual ve el mundo a través de su propio prisma; por eso, lo que es adecuado para uno no lo es para otro. Cuanto más respetes la verdad del otro, más respetarás la tuya propia.

—Tienes razón, Stella, eso lo he entendido gracias a Jeanne. La vida que lleva ya le va bien, aunque no es el tipo de vida que yo elegiría. Me ocurre lo mismo con Tom: ya no le reprocho que haya vuelto con su mujer. En Navidades me mandó un mensaje, pero he preferido no contestar. Quiero abrirme a otra persona, a alguien que esté libre.

—El amor siempre está libre, querida. Recuerda lo que te dije hace tiempo sobre qué es lo que nos empuja a actuar: ¡el amor o el miedo!

Charlotte mira a Stella con una expresión pensativa.

—Creo que el amor me empuja hacia lo desconocido.

—O hacia un desconocido... La intuición siempre nos empuja hacia lo nuevo para sacarnos de las costumbres enajenantes. ¿Vas a querer postre? He comprado un roscón de Reyes.

Cuando quieras saber qué debes hacer, abre un libro al azar.

20

Charlotte llega con una hora de antelación. Localiza la sala donde se llevará a cabo la audición. Ya se ha entrenado allí varias veces. Decide esperar en un bar que está delante de la parada de metro de Saint-Paul. Se sienta en un rincón al fondo para concentrarse.

Su última audición de danza fue a los dieciocho años. Todavía se acuerda, fue justo después de recibir las notas de las pruebas de acceso a la universidad, antes de las vacaciones de verano. La audición era para entrar en una compañía de danza contemporánea en Caen. Encontró un hotelito justo al lado del centro de danza. La mañana de la audición hacía un sol de justicia y un bochorno insoportable. En el interior del edificio, todas las chicas estaban empapadas de sudor. Charlotte coincidió con algunas amigas de su clase del conservatorio de París. En el vestuario en penumbra, observó los cuerpos de las otras bailarinas. Algunas tenían un físico perfecto, a diferencia de ella. Sus curvas ya le habían impedido entrar en la escuela de la Ópera. Si había decidido presentarse a aquella audición, era con la esperanza de llamar la atención del jurado por su originalidad.

Para la primera prueba, entró en la sala en medio de un grupo de nueve chicas. El parquet era especialmente duro. Le sorprendió que el jurado pidiera que ejecutaran unos ejercicios de danza clásica. No le dio tiempo a expresar su originalidad con su diagonal de piruetas.

De ahí que el veredicto no le sorprendiera. Ni siquiera la convocaron a la prueba de danza libre de la tarde. Salió pitando y en la estación cambió los billetes para regresar cuanto antes a Fontainebleau, a casa de su madre.

Charlotte consulta el reloj de pared del bar. Ya es la hora.

Al entrar en el centro, a Charlotte le sorprende sentirse tan calmada. Tristan, el asistente de Asar, recibe a los bailarines y les indica en qué sala deben calentar. Asar aún no ha llegado. Charlotte hace sus ejercicios descalza. Como de costumbre, se tumba en el suelo, rueda hacia un lado y después hacia el otro, estirando las piernas y los brazos. No puede evitar observar a su vecina y compararse con ella. Es extremadamente flexible y tiene los músculos bien torneados. Charlotte se da cuenta de que ha dejado de concentrarse en su propio cuerpo, así que retoma sus movimientos. De repente aparece Asar. Vestido con una camiseta de tirantes y unos pantalones de chándal, todavía resulta más atractivo que con el esmoquin que llevaba el día del estreno de *La bayadera*. Su cuerpo parece esculpido en oro, tiene la gracia de las grandes estrellas de la danza.

Ante el grupo de aspirantes, Asar resume su trayectoria profesional y explica qué significa la danza para él.

—Creo que todos vosotros tenéis un gran dominio de la técnica, pero para mí la danza es, ante todo, el lenguaje de la emoción. Hoy me fijaré en aquellos que sean capaces de olvidarse de todo para conectarse con su esencia.

La chica con la que se había comparado Charlotte toma la palabra. Es pelirroja, lleva una camiseta muy holgada y unos pantalones cortos. Parece muy segura de sí misma.

—¿Qué entiendes por esencia, Asar?

Mientras Asar contesta, Charlotte sonríe para sus adentros. Le saca ventaja. Ella ha comprendido perfectamente a qué se refería Asar.

—Os voy a pedir que improviséis. Vais a bailar de uno en uno. Tristan y yo tendremos que adivinar, al primer vistazo, cuál es vuestra intención, qué queréis transmitir.

Charlotte se alegra. La improvisación es su fuerte. Será una de las primeras en bailar. De vez en cuando, Asar hace alguna reflexión dirigida al bailarín que está improvisando ante él.

—Estás un poco rígido, ¡suéltate!

Le toca el turno a Charlotte. La adrenalina le sube de golpe. Apenas ha pensado en la improvisación. Como a Asar le gusta la conexión con la esencia del ser, le va a mostrar su propia esencia. Ya le irán saliendo los movimientos de manera natural. Al cabo de poco, está como en trance, con lágrimas en los ojos. Se entrega por completo. Acaba bañada en sudor.

Largo silencio. Asar da un paso hacia ella y toma la palabra.

—Te llamas Charlotte, ¿verdad?

—Sí.

—Tristan, ¿has entendido cuál era la intención de Charlotte?

—No del todo... ¿El éxtasis, tal vez? —sugiere Tristan, no muy convencido.

—¿Era eso, Charlotte? ¿El éxtasis? —prosigue Asar.

—No; de hecho, no he pensado en nada.

—Pues entonces es normal que no hayamos entendido nada. Siguiente.

Charlotte intenta contener las lágrimas. Tiene tal nudo en la garganta que le duele. Decide no presentarse a la segunda parte de la audición, que tendrá lugar al día siguiente. Está furiosa. Asar la ha humillado delante de todo el mundo. Mientras se pone la ropa de calle, la chica pelirroja le pregunta si es ella la que baila en el videoclip de Gabriel. Charlotte no despega los labios. Sale del centro a toda prisa. El mundillo de la danza es insoportable.

Una vez fuera, entra en la primera panadería que encuentra y se compra un bollo con chocolate. Le suena el móvil. Contesta con la boca llena.

—¿Quién es?

—Aurélien. Bailamos juntos delante de Notre Dame.

—Ah, sí, hola. Pero ¿cómo has conseguido mi número?

—Me lo han dado en la productora del videoclip. No te lo conté, pero soy el fundador de un espacio comunitario para artistas situado cerca de Narbona. Me gustaría invitarte.

A la mañana siguiente, Charlotte está sentada de nuevo en el bar de Saint-Paul. Al final ha decidido volver a la audición, tras el sueño de la noche anterior. Relee lo que ha escrito en su cuaderno: «Estoy en un claro en medio de un bosque, completamente desnuda. Un hombre me hace el amor. No sé quién es, pero reconozco sus caricias, su piel, su olor. Mientras experimento un orgasmo, se me aparece la cara de Asar».

Charlotte se despertó justo entonces. Había cogido su cuaderno para apuntar el sueño de inmediato; poco después se acordó de un consejo de Théa: «Cuando quieras saber qué debes hacer, abre un libro al azar y lee el pasaje sobre el que hayas puesto el dedo».

Abrió uno de los libros que tenía en el estante y leyó: «Ahora se ha cumplido la voluntad del hombre, no la suya».

Ya es la hora de acudir a la segunda parte de la audición. Charlotte se siente transportada por su intuición. Casi se ha vuelto un juego. El juego de la vida.

Cuando entra en la sala, Asar le dedica una sonrisa. No parece tener nada en contra de ella. Charlotte se da cuenta de que el día anterior se preocupó en exceso. El bailarín explica al grupo el ejercicio del día.

—Al contrario de ayer, os voy a pedir que improviséis sin ninguna intención. Para ello, tenéis que desentrañar la información invisible que hay a vuestro alrededor.

La chica pelirroja vuelve a formular una pregunta:

—¿Qué es la información invisible?

—Eso es algo que yo no puedo enseñaros.

Charlotte comprende entonces por qué ha vuelto a presentarse a la audición. Tras hacer los calentamientos, se dirige a Tristan y le pide si puede ser una de las primeras en bailar. Asar la oye.

—¡No! Bailarás cuando yo te avise, Charlotte.

Charlotte se apoya en la barra del espejo de pared y observa a los bailarines improvisando uno tras otro.

—Perfecto —concluye Asar—. Tristan os mandará los resultados por correo electrónico.

Charlotte levanta la mano.

—Yo no he bailado.

Asar guarda silencio unos instantes y luego relee sus notas.

—En tu caso, no hace falta.

«Más claro, imposible», se dice Charlotte mientras abandona la sala.

Curiosamente, no le guarda rencor a Asar. Está orgullosa de haber aguantado hasta el final. Pero le falta nivel, eso es todo. Tendrá que seguir aprendiendo.

En el andén del metro, se sienta en un banco, enfrascada en sus pensamientos. Le llama la atención un cartel al otro lado de la vía: «¡Narbona, tus próximas vacaciones!».

Mientras sube al vagón, vuelve a considerar la propuesta de Aurélien.

Algunas señales de que debo ir.

21

Raras veces ha llegado tan deprisa en bici a casa de Tom. Charlotte ha aceptado quedar con él para devolverle las llaves. Al día siguiente de la audición, él la llamó: «Si no te apetece que nos veamos, lo comprendo perfectamente. Puedes dejar las llaves en el buzón, pero a mí me haría ilusión verte».

Ella le propuso de inmediato que se encontraran en el bar de abajo de su casa.

Llega a la esquina sin aliento. Lo distingue a lo lejos, entrando en el bar. Mientras empuja la puerta a su vez, se pregunta si no está cometiendo un error. De nuevo, no ha logrado decirle que no. ¿Acaso no está dando un paso atrás? ¿Por qué no se entrega a lo desconocido, tal como le aconsejó Stella?

Tom está sentado en la banqueta tapizada de escay rojo. Su banqueta. Al verla, se levanta y la abraza.

Charlotte reconoce su perfume, la presión de su cuerpo contra el suyo. Se siente como si nunca se hubieran separado. Él no deja de hablar. Parece contento de volver a verla. Bromea continuamente, como el día que se conocieron, y la hace reír.

—Esta noche tengo que ir al espectáculo de un amigo, le prometí que escribiría un artículo. Lo siento, no puedo escaquearme... De hecho, si estás libre, podemos ir juntos.

Charlotte acepta sin pensar. Deciden ir en bici. Cuando llegan al pie de la rue de Ménilmontant, aparcan las bicicletas y suben la cuesta andando. Tom le rodea los hombros. A ella le gustaría detener el tiempo, que ese instante durase una eternidad. Tom está muy parlanchín. Charlotte sonríe tanto que hasta le duele la mandíbula. Por el camino, la invita a una crepe en un local de mala muerte con la tele puesta transmitiendo un partido de fútbol. Tom también comenta el partido, haciendo el payaso. Gesticula y se ríe como un niño. Una vez que se han terminado las crepes, continúan subiendo por la rue de Ménilmontant. Tom mira a Charlotte a los ojos.

—No he parado de hablar de mí. ¿Qué tal tu trabajo? Vi el videoclip de Domi, ¡estás increíble! ¿Has recibido más propuestas desde entonces?

—Más o menos: un bailarín que dirige un centro artístico cerca de Narbona me ha propuesto una residencia allí. Quiere que trabajemos juntos, que dé unos cursos de improvisación a sus alumnos. Está en medio de la naturaleza. No me van a pagar, pero me dan la comida y el alojamiento.

—¿De dónde sale ese tipo? ¿Te ha visto bailar en el videoclip?

—Sí, pero antes lo conocí en la explanada de Notre Dame.

—Ah... ¿En aquella explanada?

—Sí, bailamos juntos en una demostración que hizo con su grupo de hip-hop.

—¿Y vas a ir a Narbona?

—Estoy dudando, pero he recibido algunas señales de que debo ir.

—¿Señales?

—He aprendido mucho sobre mi intuición, desde que nos separamos.

Llegan a la puerta del centro cultural La Bellevilloise. Tom enseña su invitación de prensa.

—Ya me contarás.

El espectáculo ha empezado. En el escenario, un hombre toca el acordeón y una mujer interpreta una canción de Édith Piaf. La letra conmueve a Charlotte:

«Te tengo en la piel. No hay nada que hacer, estás aquí obstinadamente, por mucho que me aleje, siempre estás cerca de mí».

Se deja mecer por la música. Nota el muslo de Tom pegado al suyo. Desea que su mano agarre la suya. Se estremece: una oleada de excitación se propaga por todo su cuerpo. Tom se levanta y se aleja para contestar una llamada. Al cabo de unos minutos, vuelve con una expresión adusta.

—Me había olvidado por completo de que tengo una cena. Virginie me está esperando. Nos ha invitado el dueño de la cadena para la que trabaja.

A Charlotte se le encoge el corazón. Tom ni siquiera le da un beso de despedida. Con la mano le da a entender que volverá a llamarla.

Volver a los placeres sencillos
como encender el fuego en la chimenea,
caminar por el campo...

22

Los dos juegos de llaves están sobre la mesilla del salón. Tom ha hecho la limpieza a fondo. Incluso ha frotado con lejía las baldosas del cuarto de baño. Sentado en el sofá, espera a Lam, el colega que le alquila ese piso amueblado, en el que vive desde hace un año. Debe de estar al caer. Tom mira a su alrededor. Desde que volvió a casa de su mujer, apenas ha venido un par de veces a buscar algo. En una bolsa de viaje, ha guardado los libros y la ropa que aún tenía aquí. Este piso le recuerda a Charlotte. Ha quitado las sábanas y ha doblado el edredón. Tom rememora con detalle todas las veces que hicieron el amor aquí.

Llaman a la puerta. Es Lam. Debido a su trabajo de reportero, raras veces se encuentra en París.

—¡Vaya, está todo reluciente! Es evidente que has cuidado el piso. Lástima que te marches.

—¿Has encontrado otro inquilino?

—No lo he buscado. De todas formas voy a venderlo. Ahora, cuando no viajo por un reportaje, vivo en el campo.

—¿Vas a venderlo? Puede que me interese...

—¿En serio? —pregunta Lam, sorprendido—. No sabía que quisieras comprar...

—No, pero este piso me encanta, he estado muy a gusto aquí.

—Pues ¿sabes qué, Tom? Te dejo un juego de llaves y, si te decides a comprarlo, me ahorro la agencia.

Tom se pregunta por qué ha hecho esa propuesta. Guarda en el bolsillo el juego de llaves que le tiende Lam. Recoge la bolsa y baja las escaleras tras él después de cerrar la puerta con doble vuelta de llave.

Tiene la moto aparcada delante del edificio. Levanta la mirada para echar un último vistazo al balconcito del piso; después consulta el reloj. Es la hora de ir a buscar a su hijo a la escuela.

Lleva más de una semana recogiendo a Sam después de las clases. Virginie está trabajando en un proyecto importante de la cadena y vuelve tarde a casa, por la noche. A Tom no le importa lo más mínimo; le encanta estar con su hijo. Le gusta llevarlo de paseo, construir cabañas con él, trepar a los árboles y rodar por el césped. De niño, Tom vivía en el campo. Añora la vida al aire libre, en plena naturaleza. A veces le encantaría volver a los placeres sencillos como encender el fuego en la chimenea, caminar por el campo o cortar leña con su hijo, como hacía su padre con él.

Tom entra en una panadería que hay al lado de la escuela para comprarle la merienda a Sam. Virginie le ha pedido que llame a la canguro de su hijo, pues esa noche tienen otra cena en casa del propietario de la cadena televisiva para la que trabaja. Tom ha decidido que él no acudirá. La última vez llegó tarde y enseguida se arrepintió de haberse marchado de La Bellevilloise. Virginie no le dirigió la palabra en toda la velada. No se despegó del propietario, interrogándolo sobre los índices de audiencia, los sueldos de los presentadores estrella y las últimas adquisiciones cinematográficas. No presentó a Tom a nadie y nadie mostró interés por él. Pasó mucho rato contemplando los peces exóticos que daban vueltas por el inmenso acuario que decoraba el vestíbulo del palacete del distrito VIII. A punto estuvo de marcharse cuando todo el mundo empezó a bailar.

Samuel corre a abrazarlo.

—¡He hecho un dibujo para ti, papá! Eres tú en el campo.

Tom observa la hoja de papel que le muestra su hijo.

—¿Y este quién es?

—¡Tu caballo!

—Ah, vale... Pero hoy no he venido a caballo, he traído la moto para volver a casa.

Le da la cena a Sam, lo baña y le lee un cuento en la cama mientras Virginie se arregla. Se ha comprado un nuevo par de zapatos con tacón de aguja y suelas rojas. Se ha perfumado mucho.

En el umbral de la puerta de la calle se vuelve hacia Tom.

—Creo que lo nuestro no tiene mucho futuro, Tom.

Por un instante se queda helado. No le salen las palabras.

—¿Estás con otro?

Ella vacila.

—Sí, pero esta vez va en serio.

Tom enmudece mientras las puertas del ascensor se cierran a las espaldas de su mujer. Mete los puños en los bolsillos. Una de sus manos toca las llaves del piso amueblado.

Al final de este camino,
el tiempo ya no existe.

23

Charlotte abre la ventana y empuja los viejos postigos, cubiertos de hojas de parra, que se resisten un poco. Consigue fijarlos en la pared de piedra, cuyo revestimiento se está agrietando en algunos lugares. La habitación se llena de las fragancias del campo a comienzos de primavera. Charlotte respira hondo y contempla la vista que se extiende ante ella. Reconoce de inmediato la colina y el lago que se recortan en el horizonte. No está soñando. Va a buscar una silla de mimbre, se sienta y se queda unos minutos observando la colina, la misma colina que descubrió una vez mientras meditaba. Es evidente que aquella visión fue premonitoria. Ahora ya sabe por qué ha venido aquí, al Centro, con Aurélien. Todo la ha guiado hasta este lugar recóndito en medio de la nada.

Sin embargo, no fue tan sencillo marcharse de París,

abandonando la esperanza de conseguir otras audiciones. Asar no le había propuesto nada. Cuando Aurélien le explicó con más detalle cómo era El Centro y qué esperaba de ella, Charlotte volvió a oír la voz de su intuición. Le decía que fuese. No tuvo que lanzar la moneda a cara o cruz; le contestó a Aurélien que llegaría el primer día de primavera.

Esta mañana él la ha recogido en la estación de Narbona. Ha reconocido de lejos su cabeza rapada y sus brazos llenos de tatuajes maoríes. Lo acompañaba Amandine, una chica preciosa de unos veinte años. Aurélien ha besado a Charlotte como si la conociera de toda la vida, posando los labios justo en la comisura de los suyos. Ella no recordaba que su mirada fuera tan magnética. Después de arrojar su equipaje a la parte trasera de una camioneta, la ha hecho sentarse delante, entre Amandine y él.

Han circulado durante una hora, antes de desviarse por un sendero de tierra que Aurélien ha llamado «el camino del tiempo».

—Al final de este camino, el tiempo ya no existe —ha sentenciado.

—¿A qué te refieres? —ha preguntado Charlotte, intrigada.

—Ya lo verás, ya lo experimentarás tú misma...

Charlotte no sabe cuánto rato ha estado sentada en la silla de mimbre contemplando la colina. Amandine entra en su cuarto sin llamar, pues la puerta estaba abierta.

—¿Se puede? Traigo toallas...

—Sí, claro. Gracias. ¿Llevas mucho tiempo aquí, con Aurélien?

—Llegué después de Navidad. Soy de Clermont-Ferrand.

—¿Eres su pareja?

—Sí, bueno, una de sus parejas.

—¿No eres su novia?

—Sí, sí, pero es que Aurélien es un electrón libre...

—¿Cómo?

—¿Vienes abajo con nosotros para el ritual de bienvenida?

Charlotte interroga a Amandine con la mirada.

—Es en honor a tu llegada. Estarán todos.

En el inmenso salón se ha congregado un grupo de unas treinta personas, de todas las edades. El fuego crepita en la alta chimenea de piedra. Las paredes encaladas desprenden un aroma a salvia. El ambiente es distendido: hombres y mujeres se acercan a saludar a

Charlotte. Muchos de ellos han visto el videoclip de Gabriel, que les ha enseñado Aurélien. Este los invita a un vaso de zumo de manzana recién exprimido; acto seguido toma la palabra.

—Estamos reunidos aquí esta tarde para darte la bienvenida al Centro, Charlotte. Para festejar tu presencia aquí, vamos a interpretar una danza ancestral sagrada bailando en círculo. Antes de empezar, quisiera explicar a aquellos que participan en este ritual por primera vez que el hecho de repetir los mismos movimientos simples de manera circular permite liberar la mente y las tensiones del cuerpo, abriendo así un espacio infinito en nuestro interior. Aquí, en El Centro, recurrimos a la danza para armonizar el cuerpo, el alma y la mente. Eso permite alcanzar un nuevo equilibrio físico y psíquico a la vez. Bailando en círculo, pues, creamos una forma viva, nos convertimos en un mandala en movimiento.

—¿Y si nos equivocamos en la coreografía? —pregunta uno de los noveles.

—El hecho de equivocarse forma parte del aprendizaje. Precisamente equivocándote experimentas la creación.

—¿Por qué en círculo? —quiere saber Charlotte.

—El círculo es la base de todo. Cualquier danza ancestral se hacía en círculo, en todo el mundo, desde la Bretaña hasta Mongolia, pasando por Turquía. En el círculo, cada cual ocupa su lugar exacto. Nadie es superior a otro. El círculo es el símbolo del infinito, del alfa y del omega. Bueno, ya basta de cháchara, ahora toca bailar.

Charlotte sale al aire libre, siguiendo al grupo. Todo el mundo se reúne en círculo en el patio, iluminado con farolillos. Ya ha anochecido.

Aurélien pone en marcha la música. Al son de la percusión, enseña los pasos de la coreografía; pasos lentos, de una sencillez casi infantil, cosa que divierte a Charlotte. Está tan acostumbrada a realizar complejas coreografías... Tiene la sensación de estar participando en un corro de escuela, alegre y reconfortante. Nadie se compara con otro. No existe la competitividad, ni los diferentes niveles técnicos, no se espera de nadie ningún tipo de proeza. Aquí no te exigen que lo hagas lo mejor posible. Todo está hecho ya. Todo es perfecto. Es tan fácil como caminar o respirar. Respirar al mismo ritmo que los demás, mover los pies al mismo tiempo que los demás, levantar los brazos al mismo tiempo que los demás. Formar parte de los demás como si fueran un todo. Charlotte se convierte en la consciencia del movimiento. Es el corro.

Cuando acaban de bailar, todos se abrazan. Charlotte nunca había experimentado tanta armonía con un grupo. En el instante en que Aurélien la estrecha contra su pecho, se da cuenta de que él la desea. Está como hechizada.

No esperar más que las sorpresas.

24

Tom ha comprado más plantas. También ha puesto una caja para compostar en el balcón de zinc. Le ha dado una mano de pintura a todo el piso. La semana pasada firmó la escritura pública de compraventa ante el notario de Lam. Dentro de tres meses, Virginie y él acudirán al juez para formalizar el divorcio. Compartirán la custodia de Sam. Cada uno se ocupará de su hijo durante una semana, de manera alterna. Tom se ha acostumbrado enseguida a su nueva vida de soltero. Se ha dado cuenta de que necesitaba estar solo. Pensó en Charlotte, desde luego, incluso estuvo a punto de llamarla, pero se echó para atrás. La radio para la que trabajaba como autónomo le ofreció el puesto de redactor jefe. Aceptó de inmediato. En menos de un mes, su vida ha tomado un nuevo rumbo. Lo que de verdad le apetece ahora es no esperar más que las sorpresas. Por la mañana, sale a correr por los jardines de Luxemburgo. Luego se toma un café con leche y un par de tostadas con mantequilla en el bar de abajo, donde hay un viejo pinball. A veces echa una partida, lo que le recuerda a su infancia, cuando su abuelo lo llevaba al bar del pueblo. Virginie se mudará al palacete del dueño de la cadena televisiva para la que trabaja. Han decidido vender su piso. Con el dinero que gane, Tom se comprará una casa en el campo y tal vez un poni para Sam, pero todavía no se lo ha dicho. Esta mañana, en los jardines de Luxemburgo, se ha vuelto a cruzar con esa extranjera morena que le sonrió la semana pasada. Ha corrido un rato detrás de ella, pero la chica no ha aminorado el ritmo ni se ha dado la vuelta.

Ahora está sentado en la banqueta de escay rojo, hojeando la prensa. De vez en cuando echa un vistazo a las noticias de la tele. De pronto, le llama la atención una mujer que sale en la pantalla. Conoce su rostro. Es Stella, claro. Tom se levanta y le pide al camarero que suba el volumen. «Hoy, al amanecer, el *Nenúfar Blanco* ha naufragado al acercarse demasiado a la costa adriática. Al parecer, ha chocado dos veces contra unos arrecifes de coral. Una parte del barco se ha hundido. Todavía se desconoce el número exacto de víctimas. No se tienen noticias de la violoncelista Stella Taranovsky ni de la soprano Émilie Dulac, que formaban parte de los artistas invitados a ese crucero musical.»

Tom se queda horrorizado ante las imágenes del barco medio hundido y el retrato de Stella, que retransmiten en bucle.

*Todo se encadena a la perfección,
como una coreografía.*

25

Charlotte nunca había tenido tantos alumnos. Aurélien ha acondicionado una sala de danza en uno de los graneros del Centro, donde ella da clase cuatro veces por semana, a primera hora de la tarde. Ya no enseña como antes. Ya no necesita preparar las clases de antemano. Antes de empezar, se abre a la inspiración. Es su intuición la que le va dictando los ejercicios del día. Está en completa armonía con la energía del grupo. A veces, incluso tiene la impresión de que no es ella la que habla, algo que nunca le había ocurrido. Aurélien le contó que decidió establecer El Centro en esa región porque en ella abundan las ondas telúricas. En efecto, existen lugares con una gran concentración de energía, llamados también lugares sagrados, donde la vibración es tan fuerte que el ser humano puede sentirla físicamente. Al llegar, Charlotte experimentó enseguida un ligero cosquilleo en todo el cuerpo. Además, el cansancio desaparece mucho más deprisa que en la ciudad. Aurélien le explicó que las vibraciones de un lugar con una gran concentración de energía varían según el tiempo y el espacio. No es por azar que en la Antigüedad se celebraran todos los ritos y las fiestas en momentos determinados del año: en los solsticios y los equinoccios. Charlotte le confesó que había aceptado la invitación al Centro guiada por la intuición. Él sonrió. Para él, resultaba evidente.

—Al escuchar cada vez más tu intuición, has aumentado tu tasa de vibración. Aquí estás en resonancia con la energía del lugar, tienes más acceso a ella que en un sitio donde la energía es más baja. Stonehenge, Glastonbury, Chartres, Guiza o Sedona son como los puntos de acupuntura de la Tierra.

Desde que llegó, Charlotte ya no necesita tanta disciplina como antes para practicar sus rituales. Surgen de manera natural, como la voz en su cabeza. Todo se encadena a la perfección, como una coreografía.

Para celebrar la luna llena, Aurélien le ha propuesto que bailen juntos ante el grupo. Llevan más de un mes entrenándose para realizar figuras en las que él la sostenga en diferentes posiciones. Para ella, ensayar un paso a dos con un hombre es una novedad. Han creado la coreografía juntos. Se entienden sin necesidad de hablar: los guían sus cuerpos. Le gusta compartir esa complicidad artística. Confía plenamente en él.

La luna se refleja en el lago. Todos los miembros del Centro los esperan en un campo, formando un círculo. Han encendido unas antorchas que marcan los cuatro puntos cardinales. Charlotte y Aurélien se colocan en medio del círculo. Amandine se encarga de la música. Aurélien le guiña un ojo, pero ella lo ignora. Él toma la palabra.

—Para festejar la quinta luna llena del año, Charlotte y yo vamos a interpretar una danza que hemos llamado *Unidad*. Mientras la contempláis, experimentaréis un arrebato de libertad. Os ruego que cerréis los ojos y que no los abráis hasta que se oigan las primeras notas.

Charlotte y Aurélien respiran hondo, con la frente pegada. A continuación, él la eleva y la sostiene encima de él. Charlotte le pone un pie en los músculos deltoides. Aurélien, con las rodillas flexionadas, se mantiene firme bajo su peso. Una oleada de calor recorre el cuerpo de ella, inflamándole el corazón: le encanta esa sensación de corriente eléctrica que la atraviesa. El olor de

la transpiración de Aurélien no la molesta lo más mínimo. Se agarra al cuello de él mientras todo su cuerpo se
suelta y se balancea al ritmo de los pasos de su pareja de
danza. Es como una muñeca de trapo. Aurélien permanece inmóvil como una roca. De repente, se arquea, volviéndose flexible y elástico, anticipándose al más leve
desequilibrio. Charlotte se abandona a él por completo.
Ahora está tumbada boca abajo sobre los muslos de él,
con la cabeza reposando sobre la hierba. Está como
muerta. De pronto él la gira, la hace rodar sobre sí misma, moviéndola hacia todos lados. Entonces ella vuelve
a la vida, estirando las piernas y los brazos, en equilibrio sobre su cabeza. Charlotte flota por los aires. Se ve
a sí misma desde el cielo estrellado.

Cuando terminan de bailar, apagan las antorchas. El
olor del alcohol de quemar los acompaña hasta el interior de la casa. Amandine se ha quedado en la orilla del
lago, charlando con dos suecos. Quieren darse un cha-
puzón a medianoche. Charlotte siente la presencia de
Aurélien a sus espaldas. La sigue hasta la puerta de su
habitación. Ella vacila y acaba volviéndose hacia él.

—¿Quieres entrar?

Aurélien cierra la puerta tras él. Ella se queda quieta

junto a la ventana, contemplando la luna llena, que ilumina la colina.

—¿Has subido alguna vez a la colina? —le pregunta Charlotte.

—Sí, claro. Desde la cima, la vista es sobrecogedora, se pierde en el horizonte…

Se ha ido acercando a ella y le coge la mano de una manera tan natural que Charlotte no se siente incómoda.

Mantiene la vista fija en la colina.

—¿Estás con alguien? —le pregunta él.

Ella vuelve la cabeza.

—No, ¿por qué?

Él da un paso atrás. Se mantiene recto y cierra los ojos. De pronto su cuerpo empieza a oscilar.

—¿Qué haces?

—Hago el péndulo con mi cuerpo. Si me atrae hacia delante, significa que sí; si me inclino hacia atrás, que no.

—¿Como si lanzaras una moneda a cara o cruz?

—Exacto.

—¿Por qué lo haces?

—Para saber si debo pasar la noche contigo… El cuerpo me dice que no.

Aurélien se aproxima a ella, la abraza y la besa en la comisura de los labios.

—Que duermas bien, dulces sueños.

Vivir en el instante, nada más que en el instante.

26

Tom está en una agencia de alquiler de coches, esperando a que le entreguen las llaves. Ha elegido un Opel Corsa. Le pide al empleado que le indique cómo llegar a la autopista A61.

—Ya lo verá, saliendo a mano derecha, después de la primera rotonda, encontrará la señal.

Tom le da las gracias y toma un ascensor para acceder al aparcamiento. El coche huele a plástico nuevo. Echa el asiento para atrás, examina el salpicadero y ajusta los retrovisores. Ya está preparado para ir a ver a Charlotte.

Hace un calor sofocante, aunque están a principios de mayo. El sol pega en el volante y en su antebrazo. Sube la ventanilla e intenta poner en marcha el aire acondicionado.

Cuando llamó a Charlotte para contarle lo que le

había sucedido a Stella, no se mostró muy preocupada, pese a que acababa de anunciarle que su amiga estaba desaparecida tras el naufragio del *Nenúfar Blanco*. Tom se quedó atónito ante su reacción. Charlotte reflexionó unos instantes y luego dijo: «No hay que preocuparse, tengo el presentimiento de que Stella está fuera de peligro. La encontrarán. Ahora entiendo por qué dudaba si participar en ese crucero musical».

Luego Tom le preguntó cómo estaba ella. Charlotte le habló del Centro, de lo feliz que era allí, de lo revelador que le parecía todo. Y fue entonces cuando le propuso que fuera a verla para entrevistar a Aurélien, una persona y un bailarín verdaderamente extraordinario, como pocos había conocido. Estaba convencida de que le gustaría y de que podría ser un personaje de lo más interesante para su crónica en la radio. Tom no le contó que lo habían ascendido a redactor jefe ni que estaba en trámites de divorcio, pero aceptó la propuesta.

Tom comprueba las indicaciones que le dio Charlotte por teléfono. Va bien encaminado. En un cruce distingue una señal que indica CASA RURAL EL CENTRO, CAMINO DEL TIEMPO. Cuando vea la cima de una colina, habrá llegado a su destino.

Sorprendentemente, la casa le recuerda a la granja de su abuelo. Aparca el coche en el patio lleno de flores silvestres. El perfume de la madreselva lo acompaña hasta la puerta. Una chica con un vestido ligero y sandalias está atareada despejando una enorme mesa rústica rodeada por bancos de madera sin pulir.

—Hola —dice Tom.

Ella levanta la cabeza. Lleva el pelo alborotado, apenas debe de tener veinticinco años.

—¡Hola! ¿Eres el amigo de Charlotte? Me ha dicho que ibas a llegar hoy. ¿Te ha costado encontrar el lugar?

—Qué va, ha sido fácil. Oye, esto es genial. Me encanta.

—Nada que ver con la ciudad… Charlotte está dando clase. Si quieres ir a verla, es en el segundo granero, al final de ese camino. ¿Tú también bailas?

—No, yo entrevisto a los bailarines y a los artistas.

—Ah, es verdad, nos lo dijo Charlotte.

Mientras se dirige al camino que lleva a los graneros, Tom pasa por delante de un cercado. Unos caballos descansan a la sombra de un inmenso roble centenario. Uno de ellos apoya la cabeza en el cuello de otro. El más pequeño se acerca a Tom. Le tiende el hocico, pidiendo comida.

—Lo siento, no tengo nada —dice Tom, acariciándole la testuz—. Luego vuelvo.

De uno de los graneros sale música. Unas treinta personas forman una estrella. Reconoce a Charlotte en medio. Cada uno de sus movimientos genera un impulso que se propaga hasta las puntas de la estrella. Tom se queda boquiabierto: la coreografía le parece tan hermosa como las de Pina Bausch.

Cuando Charlotte lo ve, le hace una señal con la mano. Todos los bailarines la imitan, saludándolo a su vez. La música se extingue y el grupo se dispersa. Charlotte permanece en el centro de la estrella. Tom va a su encuentro. La abraza; está empapada en sudor. Todavía la encuentra más bella que la última vez que la vio, cuando lo acompañó a La Bellevilloise. Su olor se parece al suyo. Podría reconocerlo incluso a ciegas. Charlotte tiembla un poco.

—Me alegro de que estés aquí. ¿Has conocido a Aurélien?

—No, me ha recibido una chica.

—Amandine, su novia. Ven, te enseñaré mi habitación. ¿Cuánto tiempo te vas a quedar?

—Hasta mañana.

Aurélien, arrellanado en un sillón de cuero desvencijado, contesta a las preguntas de Tom.

—Pero ¿cómo pasaste de bombero a bailarín y coreógrafo?

—Pues yendo al circo. Una noche, cuando trabajaba en el parque de bomberos de Nancy, fui al circo con tres colegas. Todavía recuerdo mi fascinación ante los acróbatas que se lanzaban al vacío. Después del espectáculo, ayudamos a los chicos a desmontar la carpa. Se marchaban al día siguiente. A mí me dio por hacer un salto bastante peligroso delante de los saltimbanquis. Llevaba entrenándome en mi cama desde que era un crío. Uno de ellos me dijo: «Si quieres, ven con nosotros, te enseñaremos el oficio». Al día siguiente, estaba en la carretera con ellos. Era un desertor, pero mi cuerpo era libre. Estuve ocho años en el circo. Hice de todo, probé todo lo que me vino en gana. Compartí techo con los bohemios, aprendí a leer la mano, a seguir el movimiento de las estrellas, a vivir en el instante, nada más que en el instante. Un día que instalamos la carpa por aquí cerca, di una vuelta por la región y vi la colina. Trepé hasta la cima. Al bajar, descubrí esta granja, completamente abandonada, con los campos baldíos. Resulta que justo entonces me llamaron de una notaría de Nancy porque me había caído una pequeña herencia. Decidí comprar la granja y fundar El Centro.

Tom se reúne con Charlotte en su cuarto. Le propone escuchar juntos la entrevista que acaba de grabar. Ella no conocía la historia de Aurélien, pero se imaginaba algo parecido.

—Y tú, Charlotte, ¿piensas quedarte mucho tiempo aquí?

Ella se pone en pie.

—¿Vienes a dar un paseo, Tom?

—He visto caballos. ¿Sabes si se pueden montar?

—Claro. Abajo hay de todo: cascos, botas...

—¿No tendrás pan seco, manzanas o zanahorias?

—Voy a buscar.

Siguen un arroyo que serpentea entre los helechos. Tom, que es un gran jinete, va delante, abriendo camino. Desde que han salido, no ha dejado de hacer reír a Charlotte, con la intención de que se relaje. Ella no tiene tanta experiencia como él montando y, de vez en cuando, su caballo abandona el sendero para pacer. Terminan el paseo un poco antes de que se ponga el sol, cuando los caballos deciden regresar a la cuadra por su cuenta. Charlotte desmonta la yegua. Tom se queda en la silla.

—¿Podrías sacarme una foto?

Le tiende el teléfono y Charlotte hace la foto.

—Es para Sam. Hace poco me dibujó con un caballo.

—¿Cómo está tu hijo?

—Por ahora bien. Ya veremos qué tal con el divorcio.

Charlotte, que estaba desensillando la yegua, se para en seco.

—¿Te vas a divorciar?

—Sí, Virginie se ha ido a vivir con el dueño de la cadena para la que trabaja.

—No me habías dicho nada. ¿Hace tiempo?

—Un poco. Desde que nos vimos la última vez.

Ella no dice nada y termina de desensillar el caballo.

Tom y Aurélien han bebido más de la cuenta durante la cena. Tom ha contado sus comienzos en la radio, sus meteduras de pata y aquella vez que una actriz le tiró los tejos en directo. Cuando Amandine y los suecos se ponen a cantar, los demás los siguen. El ambiente es festivo. Uno tras otro se van a acostar. Charlotte y Tom se quedan solos en el inmenso comedor.

—Tal vez deberíamos ir a dormir —dice Charlotte, terminándose la copa de vino.

—No tengo sueño.

Charlotte mira a Tom a los ojos.

—Yo tampoco.

Solo tú sabes lo que te conviene.

27

Charlotte abre los ojos. Se da la vuelta. A su lado, Tom está durmiendo a pierna suelta. Jamás se habría imaginado que volvería a hacer el amor con él. Cuando le propuso que fuera al Centro para entrevistar a Aurélien, pensaba que simplemente serían amigos. Pensándolo bien, ella sabía que su historia no había terminado. Esta mañana se da cuenta de que siempre había temido que él la dejara. Él tan solo le había pedido un poco de tiempo. Ella no había aceptado. Tenía demasiado miedo. Pero ese alejamiento había sido necesario, tanto para él como para ella. Cuando sus cuerpos se reencontraron, la noche anterior, todo fue muy natural. Ella reconoció sus gestos, sus movimientos, pero había algo diferente, como si aquella fuera la primera vez. Al alcanzar el orgasmo, había visto el universo en los ojos de él. Charlotte lo observa mientras duerme. Tom tiene una sonrisa en los labios. De repente recuerda que esa noche ha tenido un sueño. Estaba en la orilla del mar con Stella. La violoncelista le decía adiós y, acto seguido, desaparecía entre las olas. Charlotte duda un instante y luego se levanta de puntillas, se pone la camisa de Tom, coge el móvil y sale del cuarto. El salón está desierto; en la chimenea todavía hay brasas. Todo el mundo está durmiendo. Trata de no hacer ruido, pone agua a hervir y prepara el desayuno. De pronto le vibra el teléfono. En la pantalla aparece un número desconocido.

—¿Charlotte? Soy Stella.

—¿Stella? Pero ¿dónde estás?

—En París, querida. Acabo de volver. Te llamo desde el fijo.

—¿Qué ocurrió en el *Nenúfar Blanco*?

—Yo no estaba a bordo en el momento del naufragio, todo conspiró para que no pudiera embarcar. Había salido de excursión con la soprano Émilie Dulac y a nuestro taxi se le pinchó la rueda. No teníamos cobertura. Además, no me encontraba del todo bien, así que decidí no volver al barco.

—Cuando me enteré de que se había ido a pique, tuve el presentimiento de que tú estabas bien.

—Ya veo que tu intuición se ha afinado todavía más. A propósito, ¿qué tal con lo desconocido?

Charlotte tarda unos instantes en contestar. No quiere hablar de la noche que acaba de pasar con Tom.

—Pues no lo sé... Ya veremos qué me depara el futuro.

—Lo has entendido perfectamente, cielo. Solo tú sabes lo que te conviene.

—Hasta pronto, Stella. Besos.

—Adiós, querida.

Charlotte vuelve a su habitación con la bandeja del desayuno.

—¿No quiso embarcarse en el *Nenúfar Blanco*? —pregunta Tom, atónito, con una tostada en la mano.

—No, siguió su intuición.

—Como tú. Me dijiste enseguida que estaba sana y salva. Es increíble cómo has cambiado, Charlotte. Se te nota mucho más liberada. Me di cuenta la última vez, en La Bellevilloise. Te veo cada vez más relajada. Soy consciente de la suerte que tengo de estar otra vez contigo. Pensaba que no querrías saber nada de mí...

—No me habría imaginado jamás que volvería a hacer el amor contigo...

—¿Y te imaginas volviendo a París juntos?

Charlotte no responde. Se levanta de la cama, se acerca a la ventana y se pone a observar la colina «mágica», a lo lejos.

—Es que estoy tan bien aquí... No puedo decidirlo así de pronto.

Tras un largo silencio, Tom susurra:

—Lo comprendo perfectamente, piénsalo con calma. Tómate todo el tiempo que necesites.

Los ángeles no hacen ruido.

28

Hace una semana que Tom se marchó. La ha llamado varias veces. Charlotte todavía no sabe qué hacer. Lo que sí tiene claro es que ya no quiere decidir nada en función de un hombre. Hoy subirá a la cima de la colina mágica. Aurélien le ha explicado cómo llegar hasta allí. Se tardan unas dos horas andando. Esta mañana se ha levantado temprano y ha consultado la previsión del tiempo. Anuncian un día de sol radiante. Se ha puesto unos pantalones cortos y botas de senderismo, ha cogido una mochila y la ha llenado con una cantimplora, plátanos y barritas energéticas.

El sol va ascendiendo en un cielo de color pastel. Charlotte sigue las indicaciones de Aurélien. Pasados los viñedos, encontrará un sendero; después tendrá que cruzar un bosque para llegar a otro camino señalizado, que la conducirá hasta la cima. No se ve un alma. Charlotte respira hondo. En el primer sendero ya está caminando a su ritmo. Da grandes zancadas, clavando el talón en el suelo y luego todo el pie. Su respiración es cada vez más entrecortada. Algo le sucede. Está temblando. Arde en deseos de pisar la tierra descalza. En la linde del bosque se detiene bajo un abeto. No está soñando. Una voz le ordena que se quite las botas. Obedece sin reflexionar. Guarda las botas en la mochila. Alborozada, nota el relieve del camino bajo la planta de los pies. De pronto arranca a correr. Empieza a flotar, mecida por el viento. Sus brazos se convierten en hojas que echan a volar; todo su cuerpo se vuelve una corriente de aire. Un soplo la arrastra suavemente, muy suavemente. Su cabeza gira sobre sus hombros mientras arquea la pelvis. El corazón se le acelera al ritmo de las pulsaciones de la tierra, como si se le derramara toda la sangre de las arterias. Charlotte se encuentra en la espesura del bosque. Se pone a aullar como una loba hambrienta. Está descalza en el fango, pisoteando el suelo. Salpica toda la vegetación que hay a su alrededor. En la planta de los pies le crecen unas raíces que la unen al centro de la tierra. De su cráneo surgen unos rayos luminosos que ascienden al espacio. Está ligada al infinito, es una goma elástica fuera del tiempo, una onda en el país de los sueños. Deja de correr. Recobra el aliento. Ya ha vivido esa escena. O, para ser exactos, ha tenido la visión de esa escena. Mientras corría por el sendero del bosque, ha experimentado lo que se imaginó cuando sufrió el colapso nervioso.

Llega al camino señalizado. Un cartel indica que se tardan tres cuartos de hora en alcanzar la cima a pie. Vuelve a ponerse las botas para emprender el ascenso. La cuesta es bastante escarpada. Respira de manera cada vez más ruidosa. El aire le abrasa los pulmones. Unas gotas de sudor le perlan la frente. Se pone las manos en las caderas para disipar una punzada en el costado. Al cabo de media hora, ya no piensa en nada. Se encuentra de maravilla, las endorfinas la empujan hacia delante. Cada vez anda más deprisa. Vislumbra el final del camino, pero ignora qué hay más allá. Todavía tiene que escalar algunas rocas. Una mariposa blanca con manchas color malva le muestra el camino. Unos pasos más y ya ha llegado, ha alcanzado la cima de la colina. La mariposa sigue revoloteando ante ella. Se posa sobre el tronco de un árbol viejo. Ella también se sienta en el tronco. Estira las piernas. Su respiración se va apaciguando. El paisaje bañado por una luz dorada se extiende hasta el horizonte. Charlotte se queda un rato contemplando esa inmensidad. De repente una presencia parece envolverla. Una presencia transparente. A su alrededor la luz se vuelve más intensa. Se estremece. Un soplo cálido le acaricia la parte inferior de la espalda y sube hasta la nuca. Se da la vuelta. No hay nadie, pero sabe que está ahí. Los ángeles no hacen ruido.

—¿Quién eres? —pregunta Charlotte.

—Soy tu ángel.

No lo ve con los ojos, pero podría describirlo perfectamente. Vibra a la misma frecuencia que su alma. Traspasa todo su ser. Parece inmenso. Partículas de luz en movimiento forman su rostro, sus ojos azules se pierden en los suyos formando una sola mirada.

—¿Por qué estás aquí?

—Siempre estoy aquí, contigo.

—¿Cómo es posible que pueda oírte?

—La voz que oyes en tu cabeza es la mía.

—¿Eres mi intuición?

—Soy lo que tú quieras. Soy la mariposa sobre el tronco del árbol. Soy el espíritu del fuego de Aurélien, el del aire de Pierre, el de la tierra de Théa y el del agua de Stella. Soy esa pequeña mosca que te anima a continuar. Soy la moneda rusa que lanzas al aire. Soy tanto el interior como el exterior. Soy todos esos signos. Soy tu danza.

Charlotte comprende que siempre ha sabido que él estaba junto a ella. De niña, en el telearrastre, ya lo llamaba para no caerse.

—Sí, te ayudo siempre que me lo pides, pero debes pedírmelo.

—¿Debo regresar a París con Tom?

—¿Ves mis ojos?

—Sí, son los mismos ojos que los de Tom.

—Lo de arriba es como lo de abajo. La luz está en la materia.

Entonces Charlotte oye una voz tajante: «¡Baja!».

Se ha levantado viento. Ha perdido la noción del tiempo. Decide emprender el camino de vuelta.

Los ángeles nos dan la mano para bailar, nos arrastran en el torbellino de la vida, pero su cometido es devolvernos siempre a ella.

Una voz me dijo...

29

Aurélien ha llevado a Charlotte a la estación de Narbona. En el quiosco, le compra una botella de agua y una revista. Luego la acompaña hasta el andén.

—Ahora ya estás preparada...

Charlotte frunce el ceño.

—¿Qué quieres decir?

—Ya estás preparada para bailar con el hombre.

—¿Te refieres a Tom?

—Me refiero a ti, a tu hombre interior, a tu alma, a tu yang. Por fin lo has encontrado. Ya no te da miedo.

El tren de alta velocidad llega a la estación.

—¿Cómo lo sabes? —pregunta Charlotte casi a gritos, para que Aurélien la oiga pese al estruendo.

—Delante de Notre Dame, una voz me dijo que te ayudara a encontrarlo... Al principio pensé que era yo.

Las puertas del tren se abren. Aurélien la ayuda a subir la maleta.

—Buen viaje, Charlotte, y dale un abrazo a Tom de mi parte.

De repente se le nubla la mirada; baja y se marcha sin esperar a que arranque el tren.

Con una punzada de nostalgia, Charlotte ocupa su asiento numerado en el vagón silencioso. Apenas hay nadie. El tren se pone en marcha. Cierra los ojos. En menos de cinco horas, regresará a la ciudad, a sus ruidos, su contaminación, su arquitectura, sus cafés y su centro de danza. Se reencontrará con Tom. Se siente dichosa.

Cuando llega a la estación de Lyon, lo ve en el otro extremo del andén. Tom la está buscando entre el gentío mientras teclea algo en el móvil. El bolsillo de Charlotte empieza a vibrar. Ella contesta con una sonrisa de oreja a oreja. No es él, pero enseguida reconoce la voz.

—Hola, Charlotte, soy Asar. Me ha fallado una bailarina para mi próximo espectáculo. Tristan enseguida pensó en ti. Los ensayos empiezan mañana. Hay pasajes con toda la compañía y varios pasos a dos conmigo. ¿Te apuntas?

Una inmensa alegría se apodera de Charlotte.

—Claro que me apunto.

—Tenemos muy poco tiempo. Espero que estés preparada para bailar conmigo. ¿Dónde sueles entrenarte?

—En mi cabeza. Me entreno en mi cabeza.